令丈ヒロ子 作　トミイマサコ・絵

妖怪コンビニ

妖怪クリスマス・パーティー 下

5

あすなろ書房

もくじ

これまでのお話

ツキヨコンビニの近くに、新しい妖怪《ようかい》向けコンビニ、スターXが開店。強力なライバル店に負けないように、アサギたちは、ツキヨコンビニのお客さまのためにクリスマス・パーティーを企画《きかく》。働《はたら》きぶりを認《みと》められたアサギは、社長の宵一《よいいち》さんに、次期社長候補《こうほ》としてスカウトされる。しかし黒い闇《やみ》が渦巻《うずま》く「ブラック・ホール」に店は壊《こわ》され、パーティーはめちゃくちゃに。これはスターX、ワニス店長のしわざなのか？　アサギたちはその証拠《しょうこ》をさがすため、スターXのクリスマス・パーティーにもぐりこむことに！

スターXにもぐりこめ！

――スターXにようこそ！

アサギの目に入ってきたのは、黒い看板《かんばん》にそう書かれた金色の文字だ。ツキヨコンビニのライバル店、スターXのとびらの前に置《お》かれている。

「ここから前に進むと監視《かんし》カメラがある。だれか来ないうちに、アサギ早く」

うめ也《や》が、ちょっとあせった声で言い、

「ほら、この中に！」

ばなにーさんがアサギを呼《よ》んで、鮮《あざ》やかな黄色の旅行かばんを大きく開いた。

「これがバナナスーツ生地《きじ》で作った、オーダーメイドのオシャレ旅行かばん？」

「そうさ。超剛《ちょうごう》バナナ・トラベルバッグだ！」

ばなにーさんは続《つづ》けて、このバッグの生地《きじ》は監視《かんし》カメラのセンサーを通さないことを、じまんげに言い、アサギとゆうちゃんに早くバッグに入るよううながした。

人間や、人から派生《はせい》した人系人外《ひとけいじんがい》——ユーレイやゾンビ——を入れないため、スターX入り口には監視《かんし》カメラがある。なんとしてでも、スターXに入りこみ、ワニス店長の悪だくみの証拠《しょうこ》を見つけたいアサギとゆうちゃんに、「監視《かんし》カメラをごまかす方法《ほうほう》があるぜ」とばなにーさんが提案《ていあん》してくれた方法《ほうほう》だ。

「二人とも、声を出すなよ」

「うん！」

アサギはゆうちゃんを抱《だ》きかかえて、大きなバナナ形のそのかばんの中に入った。

ばなにーさんはかばんを閉《と》じ、アサギとゆうちゃんごと軽々《かるがる》と持ち上げ、肩《かた》に引っかけた。

「ようし、行こう！」

「「「「おー!!」」」」

うめ也《や》のかけ声、それに応《こた》えるみんな……ばなにーさん、土羅蔵《どらくら》さんとその娘《むすめ》、花美羅《かみら》さん、美射奈《みいな》さん、絵笛芽羅《えふえめら》さんの三姉妹《しまい》の声が、かばんの生地越《きじご》しに聞こえた。

アサギはぎゅっとこぶしを握《にぎ》った。

アサギがうめ也《や》とツキヨコンビニに出会ったのは、ママと二人、この街《まち》に引っ越《こ》してきた約《やく》三か月前のこと。のらねこだと思ったうめ也《や》を家に迎《むか》え、うめ也《や》が店長をしている人《じん》外《がい》向けコンビニに飛《と》びこんで……いきなり毎日が動き出した。目に映《うつ》るものが生き生きと、カラフルになった。

お客やコンビニスタッフの妖怪《ようかい》たちと仲良《なかよ》くなった。社長の宵一《よいいち》さんにアサギのアイデアが認《みと》められ、コンビニ・アドバイザーになった。トモルという、喜《よろこ》んでツキヨコンビニにいっしょに行ってくれるような、いい友だち、……初《はつ》の人間の友だちもできた。

今では、三か月前の自分がどんなだったか、あまり思い出せないぐらいだ。それほどツキヨコンビニはアサギにとって「いつもそばにある」場所だし、そこにかかわるみんなは大事な存在《そんざい》だ。

(ブラック・ホールの術《じゅつ》のせいで、クリスマス・パーティーがめちゃくちゃになって、店も壊《こわ》されて、お客さんたちも怖《こわ》がって帰っていって……)

アサギはスターXのチラシ……近日中に二号店オープンと書かれたその場所が、ツキヨコンビニが今ある所だったのを思い出して、また怒《いか》りがこみあげてきた。

（ツキヨコンビニを追い出すつもりだったなんて！　許《ゆる》せない！　ぜったいにツキヨコンビニを守るんだ！）

決意を新たにしたとき、

「うえーい！　いらっしゃいませー！」

「スターXのクリスマス・パーティーにようこそでーす！」

底抜《そこぬ》けに陽気な声がした。入り口でお客を出迎《でむか》えていたスターXの人狼《じんろう》店員、二人組だ。

（いよいよ入店だ！）

アサギはかばんの中で、呼吸《こきゅう》を整えた。

「やあやあ、みんなで遊びに来ちゃったよ！」

ばなにーさんが愛想《あいそ》よく、人狼《じんろう》店員に答える。

「オシャレマントのお姉さんたちもまた来てくれたんですね！　ありがとうですー！　おやあ、カッコいいマントのジェントルマンもごいっしょで」

「……アレ？　ジェントルマンさまの肩《かた》に乗ってるの、かーわいいねこちゃんですね?!」

「かーわいいねこちゃん」というのは、子ねこに化けたうめ也《や》のことだ。

するとと美射奈《みいな》さんと絵笛芽羅《えふえめら》さんが早口でそれに応《こた》えた。

「お父さんも飼《か》いねこも、一家全員で来ちゃったの！」

「こんなに大勢《おおぜい》で押《お》しかけちゃって、かまわない？」

「もっちろん、です！」

「もうファミリーみんなで楽しんじゃってくださーい！」

すると人狼《じんろう》店員に続《つづ》いて、ごわごわと、太くかすれた声が聞こえた。

「みなさま、ようこそ！　スターXにいらっしゃいませ！」

ワニス店長の声だ。明るく愛想《あいそ》のいい言い方にもかかわらず、ぐいっと頭から押《お》さえつけてくるような、イヤな感じの声だ。

「ツキヨコンビニのパーティーが、よくわかんないトラブルで中止になっちゃってさ。たいくつで来ちゃったんだよね！」

ばなにーさんが言うと、

「そのようですね。なにか事故《じこ》があったそうでお気の毒《どく》です。ツキヨコンビニのみなさんも、常連《じょうれん》のお客さまも、さぞがっかりなさったことでしょうねえ」

ワニス店長がいかにも同情《どうじょう》するように言ったので、アサギはむかっときた。

(しらじらしい! あのブラック・ホールの術《じゅつ》は、影《かげ》ワニ族しか使えないっていうの、分かってるんだから。ワニス店長のしわざに決まってるのにとぼけちゃって!!)

「ツキヨコンビニさんのアットホームなパーティーは、とてもまねできませんが、どうぞスターXのパーティーを楽しんでいってくださいい。店内をご案内《あんない》いたしましょうか?」

「いや、いいよ。テキトーに遊んで帰るから! さ、みんな、行こうか!」

ばなにーさんがそう言って、全員で多くのお客でざわめくフロアに足をふみ入れた。

すると一気に周囲《しゅうい》が騒《さわ》がしくなった。ノリのいい曲が大音量《だいおんりょう》で流れ、それに負けないような大きな話し声や、笑《わら》い声があちこちから聞こえる。

(よかった。無事《ぶじ》にお店の中に入れたみたいだね)

アサギは、しめたかばんの端《はし》っこのほうを内側《うちがわ》からほんの少し開けて、外のようすをのぞき見た。

赤や紫《むらさき》のライトで照《て》らされた店内はカラフルだが薄暗《うすぐら》く、ぐるぐる回るミラーボールが、目がチカチカするような光のかけらをまき散《ち》らしている。

コンビニのパーティーというよりも、オシャレなクラブのパーティーという感じだった。集まっている妖怪《ようかい》たちは、きばつな服やメイクで、おどったり乾杯《かんぱい》をくり返したりして盛《も》り上がっている。

（……ツキヨコンビニのお客さんたちも、来てるかな？）

かばんのすきまを、さらに広げようとしたとき、

「ちょっとお待ちください！　そのお荷物は？」

ワニス店長が、ふいにばなにーさんを呼《よ》び止めた。

びくん！　アサギの胸《むね》の中で、ゆうちゃんが小さく飛《と》び上がった。アサギはあわてて、かばんを閉《と》じ、身を縮《ちぢ》めた。

「これかい？　見ての通り、バナナスーツとおそろいの生地《きじ》でオーダーした、最高《さいこう》にかっこいい旅行かばんだよ」

「それでそんなに大きいんですね。この後、旅行のご予定ですか？」

「ああ。パーティーの後に、でかける予定があってね」

「そうでしたか。ではバックヤードでお荷物おあずかりしましょうか？　お帰りのときにお声をかけていただければ、お返ししますよ」

「あ、そうしてもらえる？　はい、人狼《じんろう》その一くん、重いから気をつけてね」

ばなにーさんは、あっさり人狼《じんろう》店員にかばんをわたした。

（うそ！　なんで？）

「人狼《じんろう》その一くんはないですよー。ちゃんとしたお店ネームがあるんですから！　ぼくはジンジでこっちはロウロです！　じゃ、おあずかりしまーす」

ジンジに運ばれている間中、アサギは息を止め、ぎゅうっとゆうちゃんを抱《だ》きしめていた。

鼻歌を歌いながらジンジは、カウンターの中に入ると、床《ゆか》の上にドサッと放り投げるように、かばんを置《お》いた。あたりは静《しず》かになったが、アサギはしばらく動けなかった。

「おねえちゃん、ゆうちゃんがみんなのようす、見てこようか？」

ゆうちゃんが言った。

「姿《すがた》を消していれば、見つからないし」

「だめだよ。人間やユーレイを見つけるセンサーつきの監視《かんし》カメラ、入り口以外《いがい》の場所にもあるかもだよ」

ひそひそ声で話していると、カウンターを開けてだれかが入ってくる音が聞こえた。

アサギは、はっと身を固《かた》くした。足音は、ゆっくりとこちらに近づいてくる。

（まさか……ワニス店長？　さっき、このかばんのことを、気にしてたし、中身を確《たし》かめに来たんじゃ……）

ドクン、ドクンと胸《むね》の鼓動《こどう》が全身に響《ひび》く。緊張《きんちょう》で息がうまく吸《す》えなくなってきたとき、だれかが、かばんの端《はし》に手をかけた。

アサギはゆうちゃんを抱《かか》え込《こ》んで、目を閉《と》じた。

非《ひ》常口《じょうぐち》のその先は

ジャッ！

かばんのジッパーが一気に引きおろされた。

「アサギ、ゆうちゃん！　大丈夫《だいじょうぶ》か？」

よく知っている声がした。

ぱっと目を開けたら、そこにはうめ也《や》の心配そうな顔があった。

「うめ也《や》！」

ほっとして、それ以上《いじょう》言葉が出なかった。

「ばなにーさんたちは、ワニス店長や人狼《じんろう》店員と話していて、こっちに来ないようにしている。この間に早く！」

アサギとゆうちゃんが、急いでかばんから飛《と》び出そうとすると、

「頭を低《ひく》くして。カウンターの上に監視《かんし》カメラがある」

うめ也《や》が小声で注意したので、アサギはぺたんと床《ゆか》にはいつくばった。そして四つんばいでバックヤード——従業員《じゅうぎょういん》の休憩室《きゅうけいしつ》兼事務室《けんじむしつ》——らしいところに入った。

灰色《はいいろ》のロッカーが三つに、本棚《ほんだな》が二つ、たくさん引き出しがある書類《しょるい》ケース、それにパソコンの載《の》ったデスクと折《お》りたたみのいすがいくつか。殺風景《さっぷうけい》な部屋《へや》だ。

事務室《じむしつ》に監視《かんし》カメラがないことを確認《かくにん》すると、アサギはふーっと息をはいて体を起こし、うめ也《や》に言った。

「ばなにーさんたら、ヒドイよ。かばんを人狼《じんろう》店員にわたしちゃうなんて！　わたしもゆうちゃんも、めっちゃドキドキしたんだから！」

するとうめ也《や》は頭を横に振《ふ》った。

「いや、想定内だ」

「想定内？　どういうこと？」

「旅行用の大きなかばんを持っていたら、店長か店員があずかりましょうか？　と声をか

けてくるかもしれない。それならきっとバックヤードに持っていくだろう。そしたらアサギとゆうちゃんは無理《むり》なく店の奥《おく》に入りこめると思ってた。うん、ぼくの読み通りだ」

「ぼくの読み通りって……。そういう計画なら、教えといてよ！」

「計画じゃない。もしそうなったら、っていう想定だよ。でもその場合アサギはあわてずに最善《さいぜん》の対応《たいおう》ができると思ってた。実際《じっさい》、ぼくが来るまでかばんの中でじっとしてたろ？

さすがツキヨコンビニの社長候補《こうほ》だ」

うめ也《や》に満足《まんぞく》そうに目を細めてそう言われて、アサギはそれ以上《いじょう》言い返せなくなった。

「よし。じゃあ、部屋《へや》をさがそう。ぼくはデスクを調べるから、アサギはそっちを調べて」

うめ也《や》が本棚《ほんだな》のある方を指さした。

「うん！」

アサギは本棚《ほんだな》の本を全部取り出して調べたが、あやしいものは見つからない。

「なにもヘンなものはないね。本の内容《ないよう》もコンビニ経営《けいえい》に役立つ本とかコンビニが取り上げられてる雑誌《ざっし》とか」

「本の間になにかはさまってなかった？　メモ用紙とか」

「それもなかったよ。ゴミ箱にも、ぜんぜん紙のごみがないし」

「パソコンにも、単純《たんじゅん》なデータ……人狼《じんろう》店員のシフト表とか仕入れ先一覧《いちらん》とか……変《か》わったものはないな。パスワードも設定《せってい》されていないし、見られて困《こま》るようなものはここにないってことか」

うめ也《や》が腕組《うでぐ》みして、ううーんとうなった。

「ワニス店長が、悪だくみの証拠《しょうこ》になるようなものをみんな捨《す》てちゃってたら？」

アサギは不安《ふあん》になって、そう言った。証拠《しょうこ》になるものを見つけられなければ、スターXのもくろみをあばくことができないかもしれない。

「このチラシ見たろ」

うめ也《や》はエプロンのポケットから折《お》りたたんだチラシを取り出した。

近日中にスターX二号店オープンと書かれたその開店場所が、今ツキヨコンビニがある場所になっている。

「ワニス店長はこんなものを思いつきで、今日配ったはずがない。前からクリスマス・パーティーをめちゃくちゃにして、ツキヨコンビニにひどいダメージをあたえる計画だったんだろう。そして、計画はまだ終わっていない。ツキヨコンビニを追い出して、そこにスターXの二号店を出すつもりなんだから、その計画に関《かん》するなにかがあるはずだ」

アサギは、ゴクッとのどを動かして、つばを飲んだ。

（そうだ！　悪だくみをあばくことばかり考えてたけど、計画はまだ途中《とちゅう》。これからスターXは、もっとひどいことをツキヨコンビニにしかけてくるかもしれないんだ！）

今、こうしている間にも、またあの恐《おそ》ろしい術《じゅつ》……あらゆるものを闇《やみ》にのみこんでしまうブラック・ホールをツキヨコンビニに放つかもしれない。

「……もう一回、さがしてみよう」

アサギはそう言って部屋《へや》の中を見回し、はっとした。

「ゆうちゃん……どこ？」

いつのまにか、いっしょにいたはずのゆうちゃんの姿《すがた》が見えない。

「ゆうちゃん、出ておいで！　どこにいるの？」

アサギはゆうちゃんが入りこみそうなところ……棚《たな》のすきまやデスクの引き出しを開けてさがした。

（いない。まさか……）

アサギはさっき、かばんの中でゆうちゃんが言ったことを思い出した。

――おねえちゃん、ゆうちゃんがみんなのようす、見てこようか？……姿《すがた》を消していれば、見つからないし。

「……ゆうちゃん、姿《すがた》を消してどこかに行っちゃったかも」

（お店の中のどこに監視《かんし》カメラがあるかわからない。姿《すがた》を消していても、ユーレイだとバレるかもしれない）

もしワニス店長にゆうちゃんがつかまったら。妖怪《ようかい》だけが大事で、人間や人系人外《ひとけいじんがい》――ユーレイやゾンビ――を嫌《きら》っているワニス店長のことだ。きっとひどい目にあわされる！

アサギはうめ也《や》に叫《さけ》んだ。

「うめ也《や》、ゆうちゃんをさがしてきて！　お願《ねが》い！　ううん、わたしがさがしたほうが早いかも。わたしを旅行かばんの中に入れて、店内を歩いて！」

今にも旅行かばんの方に飛《と》んでいきそうなアサギの腕《うで》を、うめ也《や》がつかんで、止めた。

「アサギ、落ち着いて。ゆうちゃんはばなにーさんたちに頼《たの》んでさがしてもらおう」

「でも」

アサギが言い返そうとしたときだった。

「おねえちゃん！」

ゆうちゃんの声が、少しはなれたところから聞こえた。

「ゆうちゃん?!　どこ？」

きょろきょろと部屋《へや》の中を見るものの、やはりゆうちゃんの姿《すがた》はどこにもない。

「おねえちゃん、こっち。こっちだよ、となりのお部屋《へや》」

いきなり本棚《ほんだな》をつきぬけて、ゆうちゃんがぬっと顔を出した。

「びっくりした！　ゆうちゃん、そこにいたんだ」

アサギはほっと胸《むね》をなでおろした。

「あれ、でもとなりに部屋《へや》なんかあった？」

「うん、こっちにお部屋《へや》、あるよー！　ツキヨコンビニよりも広ーいお部屋《へや》」

そう言ってゆうちゃんはすぽんと、本棚《ほんだな》のすきまから飛《と》び出してアサギの足に抱《だ》きついた。

「ゆうちゃん、だまっていなくなっちゃダメだよ。つかまったかもってドキドキしたよ」

「平気だよ。となりのお部屋《へや》はがらーんってしてて、だれもいないんだもの。なんか大きい台が真ん中にあってヘンな部屋《へや》だよ」

「なにかあやしいな。その部屋《へや》の入り口はどこなんだろう」

うめ也《や》が首をかしげた。事務室《じむしつ》の出入り口は今、アサギたちが入ってきた一か所だけだ。そのほかの壁《かべ》には窓《まど》もない。

「あのね、本棚《ほんだな》の裏《うら》にドアがあるよ！　ゆうちゃん、見たもん」

ゆうちゃんが、うれしそうに本棚《ほんだな》を指さした。

「本棚《ほんだな》の裏《うら》にドア？」

うめ也《や》は、ちょっと考えて「なるほど！」と言った。

「きっと本棚《ほんだな》が非常口《ひじょうぐち》になってるんだ！」

「非常口《ひじょうぐち》?!」

ツキヨコンビニではカウンターの横に非常口《ひじょうぐち》のドアがあり、そこからはふだんアサギの部屋《へや》に通じていて、うめ也《や》は都合のよいときに帰ってくる。社長の宵一《よいち》さんの自宅《じたく》に通じることもあり、行き先はその時々《ときどき》でパネル操作《そうさ》で設定《せってい》できる。

スターXにも、同じしくみの非常口《ひじょうぐち》があっても、おかしくない。

うめ也《や》が本棚《ほんだな》に手をかけると、すいっと手前に開き、銀色のドアが現《あらわ》れた。

「やっぱり！　操作《そうさ》パネルがあるぞ！」

パネルの画面には、ドアの向こうに通じるその行き先を示《しめ》す文字が光を放って浮《う》かび上がっていた。

「『KWKプロジェクト室』？」

「なにそれ？」

アサギとうめ也《や》は、たがいに顔を見合わせた。

なぞのKWKプロジェクト

「『KWKプロジェクト室』ってなに？　意味がわからないよ」

「とにかく……行ってみよう」

アサギたちはうなずいて、非常口《ひじょうぐち》のドアを開けた。

ドアの向こうは、ゆうちゃんの言った通り……ツキヨコンビニの売り場フロアとバックヤードを合わせたよりも、まだ広い部屋《へや》が現《あらわ》れた。

うめ也《や》が本棚《ほんだな》ごとドアを閉《し》めると、おそるおそる三人でその部屋《へや》の中に歩いていった。

薄暗《うすぐら》くがらんとしたその部屋《へや》の中央には、にぶく光る銀色の低《ひく》い台が置《お》いてあり、正面の壁《かべ》には大きなモニターがある。

監視《かんし》カメラらしいものはなく、その部屋《へや》にあるのは台とモニターだけだった。

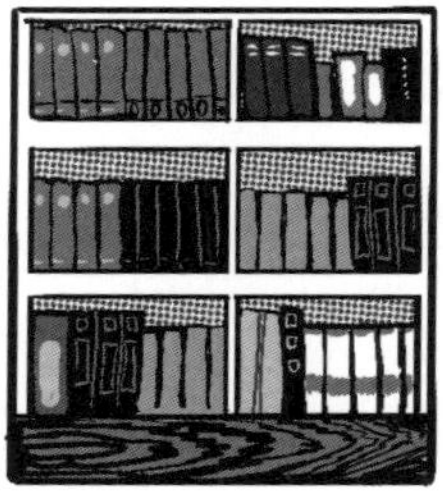

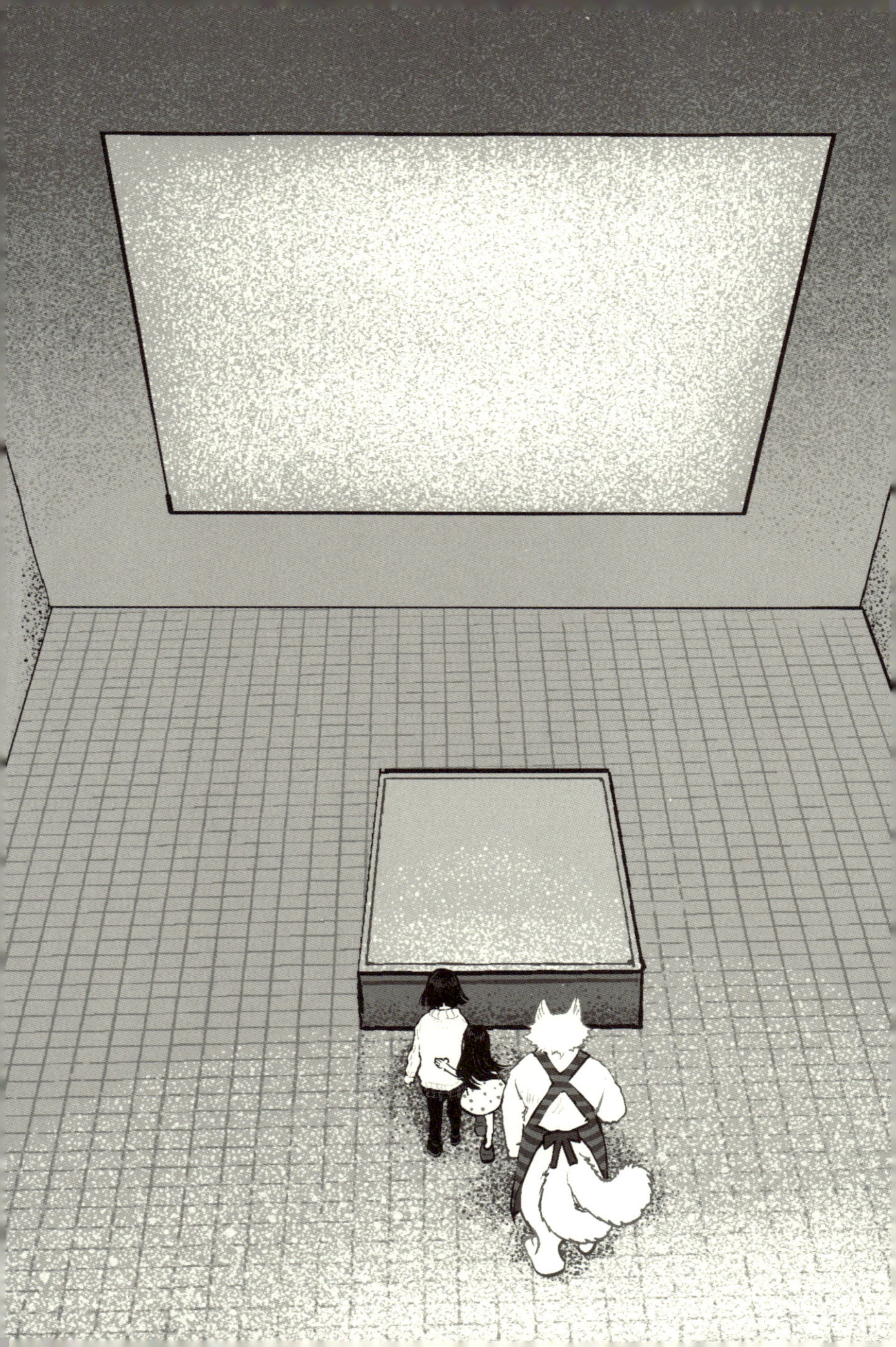

「ＫＷＫの意味はわからないけど、プロジェクト室というんだから、なにかを計画する部《へ》屋《や》のはずなんだがな……」

とほうにくれたように、うめ也《や》がそうつぶやいた。その部屋《へや》は事務室以上《じむしついじょう》に手がかりになるものが見あたらなかった。

（こんなになにもなかったら、調べようがない……）

ぼんやりとおさえた照明《しょうめい》の下だが、床《ゆか》も台もピカピカで、糸くず一つ落ちていないのが分かる。灰色《はいいろ》っぽい壁《かべ》には窓《まど》もない。

アサギは、ため息をついて壁《かべ》に手をついた。

「ん？」

かすかに手を押《お》し返してくる感触《かんしょく》があった。

「あっ！　うめ也《や》！　ここ、開く！」

アサギが押《お》した壁《かべ》の一部が、切り取られたみたいにぽかっと開いた。

「ここの壁《かべ》がドアになってるのか！　ドアノブもないし、閉《し》めたら壁《かべ》にしか見えないな」

「行ってみようよ」

うめ也《や》が慎重《しんちょう》にそのドアを押《お》し開くと、ふわっとあたたかい空気が流れてきた。そして意外なものが目に飛《と》び込《こ》んできた。

一番先に見えたのは、石作りの壁《かべ》、それに火がおこっている暖炉《だんろ》。太い木で組んだ天井《てんじょう》からは、シャンデリアがさがっている。床《ゆか》にはふかふかした白いラグ。どっしりと大きなひじかけいすが暖炉《だんろ》の方を向いている。壁《かべ》には風景《ふうけい》を描《えが》いた絵画――美しい湖の――がかざってあり、いかにもいごこちがよさそうな部屋《へや》だ。

（……ここ、ワニス店長の自宅《じたく》ってこと？）

ツキヨコンビニの非常口《ひじょうぐち》は、アサギの部屋《へや》――うめ也《や》の自宅《じたく》でもある――につながっている。だとしたら、同じ妖怪《ようかい》コンビニの店長でも、ずいぶん自宅《じたく》の感じがちがう。

「おねえちゃん、クリスマスツリーがいっぱい！」

ゆうちゃんがはしゃいだ声を上げた。ゆうちゃんの指さす方を見て、アサギは息をのんだ。窓《まど》の向こうの景色《けしき》は、雪をいただく森林だった。

「き、きれい……」

なるほど、「クリスマスツリーがいっぱい」並《なら》んでいるように見える。黒々《くろぐろ》と茂《しげ》った三

角の形の木々《きぎ》はどれも背《せ》が高く、ドレスのすそを広げたような枝《えだ》に、降《ふ》りつもった雪をキラキラとまとっていた。

そして森の向こう、遠くに青みがかった白色に凍《こお》った湖が見えた。映画《えいが》で見たような景《け》色《しき》だ。

「……ここって、どこなの？　もしかして外国？」

アサギが言いかけたとき、ドアのそばに立っていたうめ也《や》が「しっ」と、口の前に指を立てた。

「ドアの向こう……となりの部屋《へや》、だれか来る」

アサギはあわててうめ也《や》のそばに飛《と》んでいき、ドアに張《は》りついた。うめ也《や》がほんの少し開けたドアのすきまから、ワニス店長の声が聞こえた。

「……さあさあ、どうぞ！　お入りになってください!!」

愛想《あいそ》よくそう言う声が、部屋《へや》に響《ひび》きわたっている。

「ここは、かくし部屋《べや》でしてね！　特別《とくべつ》に重要《じゅうよう》なお客さましかご案内《あんない》しない秘密《ひみつ》のＶＩＰルームなんですよ。薄暗《うすぐら》いので足元に気をつけてくださいね」

ざわめく声と何人かの足音が、それに続《つづ》く。

(お客を連《つ》れてきてる？　あんなになにもない部屋《へや》がＶＩＰルーム？)

「おおっ！　こんなところにでっかい部屋《へや》が！　びっくりしたなあ！」

(えっ、この声……ばなにーさん?!)

「秘密《ひみつ》のかくし部屋《べや》なんて、わくわくしちゃう！」

「今からここでパーティーでも始めるの？」

(今のは美射奈《みいな》さんと絵笛芽羅《えふぇめら》さん！)

アサギが体を低《ひく》くし、ドアのすきまに顔をくっつけるようにして、となりをのぞいた。

(やっぱり！　ばなにーさんと土羅蔵《どらくら》さん一家が来てる！)

「ええ、そうですよ。秘密《ひみつ》のパーティーの始まりです」

ワニス店長が笑顔《えがお》で答えた。美射奈《みいな》さんと絵笛芽羅《えふぇめら》さんがきゃあっとはしゃいだ声を上げ、ばなにーさんもゆかいそうに笑《わら》った。

「パーティーをするにしては、殺風景《さっぷうけい》な部屋《へや》ですな」

土羅蔵《どらくら》さんだけが渋《しぶ》い顔であたりを見回している。

「じゃあ、この台は？　ダンス用のお立ち台ってわけ？」

花美羅《かみら》さんが部屋《へや》の中央の台を指さすと、ワニス店長が、パン！　と手を打った。

「花美羅《かみら》さま！　そうなんです。しかもこの台は特別《とくべつ》仕様でして。この台に立つと、どなたも特別《とくべつ》美しく映《は》える『映《ば》えお立ち台』なんですよ！　こちらにモニターがございまして」

説明《せつめい》しながらワニス店長が、黒いスーツのポケットからスマホを取り出した。ワニス店長がそれをいじると、ぱっとモニターが映《うつ》った。

「この大画面に、最高《さいこう》に美しいお姿《すがた》が映《うつ》ります。よろしければ、お試《ため》しになりますか？」

ばなにーさんと花美羅《かみら》さんが、うーんと首をかしげた。

「スマホで修正《しゅうせい》する程度《ていど》のことだったら、珍《めずら》しくないけどなあ？」

「ねえ、足長、小顔、目を大きくなんて、アプリでいくらでもできるし」

すると、ワニス店長が大きくかぶりを振《ふ》った。

「もちろんそれは存《ぞん》じていますが、あくまで人間対象《たいしょう》のものでしょう？　こちらはわが社で独自《どくじ》に開発した、妖怪対応《ようかいたいおう》のものですから。特別《とくべつ》なお客さまにしかご利用《りよう》いただいていないんですよ」

「「ふうーん」」

ばなにーさんと花美羅《かみら》さんはうなずき合って、二人そろって台に乗った。そしてモニターを見るなり、大きな声を上げた。

「おおー！　本当だ！　オレ、サイコーじゃん！」

「やだ！　わたし、めっちゃキレイ！」

アサギは、がまんできずにドアのすきまを広げて、モニターを見た。

(あ、本当だ！　すっごくキレイ!!)

大画面に映《うつ》るばなにーさんと花美羅《かみら》さんは、ワニス店長の言った通り、スマホアプリの修正《しゅうせい》どころではなく「美しく映《ば》えて」いた。

(ま、まばゆい!!　モニターの二人、最高《さいこう》だよ！)

「わたしもやる！」

続《つづ》いてマントをひるがえして美射奈《みいな》さんが台に飛《と》び乗り、

「ほらお父さんも行こう！」

絵笛芽羅《えふぇめら》さんが土羅蔵《どらくら》さんを強引《ごういん》に引っ張《ぱ》っていっしょに台に乗った。

「おおー！　みんなサイコー超《ご》え!!」

「お父さん、イケメン！」

はしゃいでいたみなの歓声《かんせい》が、そこでピタッと止まった。同時に台上の五名が、全員背《せ》筋《すじ》を伸《の》ばし、棒《ぼう》のようにその場で動かなくなった。

（……あれ？　みんなのようすがおかしい）

思わず身を乗り出しかけたアサギの体を、うめ也《や》が抱《かか》えて引きもどした。

「……もう少し、ようすを見よう。ワニス店長がなにか、話したいことがありそうだ」

うめ也《や》が言った通り、そこからワニス店長が語りだした。

「みなさん、美しいお姿《すがた》の夢《ゆめ》はここまでにして、今からもっと美しい夢《ゆめ》のお話をしましょう。しばらくおつきあいくださいませ」

すると、モニターの画面が切り替《か》わり、中央に文字が現《あらわ》れた。

「ＫＷＫプロジェクト」

銀色に輝《かがや》くその文字を見て、アサギはぎょっとした。

（さっきの！　非常口《ひじょうぐち》のパネルに出てた部屋《へや》の名前……。やっぱりこの部屋《へや》はあのプロ

ジェクトのための部屋《へや》だったんだ)

「KWKプロジェクト、これはなんの略《りゃく》だと思いますか?」

ワニス店長が、台上にいる五名にたずねた。

するとばなにーさんが息苦しそうに顔をゆがめて言った。

「さっきから、なんでオレたち動けないんだ?」

続《つづ》けて花美羅《かみら》さんたちも言った。

「見えないロープで縛《しば》られてるみたいよ!」

「この台、ヘン! 映《ば》えるお立ち台なんかじゃない」

「早く降《お》ろしてよ!」

するとワニス店長が、ギラッと目を光らせ、ばなにーさんたちを見すえた。

「みなさんに、じっくりわたしどもの計画を聞いていただくためですよ。もう一度聞きますよ。KWKプロジェクト、これはなんの略《りゃく》でしょうかね?」

すると、かすれ声で土羅蔵《どらくら》さんが答えた。

「KAGE《カゲ》・WANI《ワニ》の頭文字《かしら》……影《かげ》ワニ族……のKWだろう。もう一つのKはなにかわからないが、おそらく影《かげ》ワニ族が企《くわだ》てる、ろくでもない計画のことでは？」

「おや、さすが土羅蔵《どらくら》さま。その通りですよ。ただし、ろくでもない計画、というのはわたしたち影《かげ》ワニ族を誤解《ごかい》してらっしゃる。これが妖怪《ようかい》のための妖怪《ようかい》によるキングダム、つまり王国を作ろうという美しい計画なんですからね！」

ワニス店長が高らかにそう言うなり、おだやかなピアノ曲が流れ、モニターに動画の再《さい》生《せい》が始まった。

影《かげ》ワニ族の夢《ゆめ》

モニターから流れる動画は、おだやかな音楽と楽しげな映像《えいぞう》、優《やさ》しい声のナレーションで構成《こうせい》されていた。

「かつて影《かげ》ワニ族がすみかにしていた場所は人間に裏切《うらぎ》られ、破壊《はかい》されました。人間とはそういう生き物です。人間はこの先も世界を汚《よご》し、壊《こわ》していくでしょう。この世界を愛《あい》し、ここに住みたい妖怪《ようかい》もたくさんいるというのに。そこで影《かげ》ワニ族は決めました。この世界を守り、妖怪《ようかい》のものにすると。スターXコンビニの出店はその第一歩です」

まずはあの世とこの世の境《さかい》にある地点……主にツキヨコンビニグループが出店しているが、そこをスターXに置《お》き換《か》える。そこから徐々《じょじょ》に妖怪《ようかい》だけのための場所を広げていく。

コンビニだけでなく、妖怪《ようかい》のためのいろいろな店、商業施設《しせつ》、そのほかさまざまな事業

を展開《てんかい》、いずれは病院や学校なども作っていく。同時に妖怪《ようかい》の住宅地《じゅうたくち》も確保《かくほ》していくと説明《せつめい》が進んだ。

モニターには「KWK都市」のイメージ映像《えいぞう》が映《うつ》し出された。緑あふれる自然《しぜん》の中に、さまざまな妖怪《ようかい》向けの施設《しせつ》や住居《じゅうきょ》があり、楽しそうにそこですごす妖怪《ようかい》たちの姿《すがた》もある。

一見オシャレですごしやすそうな都市だが、その中央には、「影《かげ》ワニタワー」――ワニをかたどった巨大《きょだい》な建物《たてもの》――が、都市を見下ろすようにひときわ高くそびえ立っている。

「この世を妖怪《ようかい》のために、作り変《か》えるのです！　それがKAGE《カゲ》・WANI《ワニ》・KINGDOM《キングダム》、略《りゃく》してKWKプロジェクトです！」

高らかに、ワニス店長が声を張《は》りあげた。

（なにが妖怪《ようかい》のために、だよ。影《かげ》ワニ族がエラソーにできる国を作りたいだけなんじゃないの？　そのためにツキヨコンビニをつぶそうとしてたの?!　冗談《じょうだん》じゃないよ！）

アサギは話を聞けば聞くほど頭に血が上り、怒《いか》りでこめかみがふくれあがりそうだった。

「なかなか壮大《そうだい》なご計画ですな。しかし人間や、人系人外《ひとけいじんがい》はどこに住むのですか」

土羅蔵《どらくら》さんがそこで、口をはさんだ。

「どこかの空き地に行けばいいでしょう。かつてわれわれが人間に追い出されたようにね。まあ、じゃまにならないところ……ゴミ捨《す》て場なら、いてもらってもかまわないですがね」

（なんだそれ!!）

アサギはもう少しで、叫《さけ》びだすところだったが、ばふっと、うめ也《や》のもふもふした手のひらで口をふさがれた。

するとばなにーさんが眉《まゆ》をつりあげて言った。

「あんたらのいかれた計画はよーくわかったよ。だからもう、この台から降《お》ろしてほしいな」

「いいですとも。KWKプロジェクトにご協力《きょうりょく》いただけるというのなら、すぐに解放《かいほう》します」

ワニス店長の言葉に、はあ？　と花美羅《かみら》さんが目をむいた。

「そんな計画にわたしたちが協力《きょうりょく》をすると思うの？」

「ツキヨコンビニのみんなは人間もユーレイもゾンビも妖怪《ようかい》も……みんな仲良《なかよ》しよ！」

「そうよ、バカげてる！」

そろって牙《きば》をむき、目を赤く光らせる土羅蔵《どらくら》三姉妹《しまい》に、ワニス店長はため息をついた。

「あなた方は、人間を誤解《ごかい》している。分かってないんです」

「分かってないのは、どっちよ！」

さらに叫《さけ》ぶ花美羅《かみら》さんを、土羅蔵《どらくら》さんが目でたしなめた。そして落ち着いた声で言った。

「人間の中には、とても恐《おそ》ろしい者がいるのは分かりますよ。自分だけが利益《りえき》を得《え》ればあとの者はどうなってもいいという人間を、わたしはたくさん見てきました」

「おお、その通りです！　土羅蔵《どらくら》さんは分かってくださるのですね！」

ワニス店長は、うれしそうにうなずいた。

「しかし、そうでない人間もたくさんいます。われわれが妖怪同士《ようかいどうし》でも考えがちがうように、人間にもいろいろいる。妖怪《ようかい》だけが選《えら》ばれた者で、人間、人系人外《ひとけいじんがい》はどうなってもいいという考えには賛同《さんどう》できません」

「……どうしてもご理解《りかい》いただけない。それは残念《ざんねん》です」

すうっとワニス店長の目玉が暗くなった。

「ご存《ぞん》じでしょうが、影《かげ》ワニ族は人間の影《かげ》を食べます。まあ、よほど許《ゆる》しがたいときだけですがね。けっして美味《おい》しいものではないので好《この》んではいません」

ワニス店長は、スマホを反対の手に持ちかえた。

「そしてね、銀ワニ、つまり影《かげ》ワニ族のリーダーとなる選《えら》ばれた血筋《ちすじ》の者、わたしがその一人ですが、銀ワニは妖怪《ようかい》の影《かげ》も食べることができるんです」

ワニス店長は、にやあっと笑《わら》い、スマホをタップした。

すると、天井《てんじょう》の一角から光がさし、ビカッと台上の五人を照《て》らした。

照明《しょうめい》の反対方向に、濃《こ》い影《かげ》が五人の足元に伸《の》びた。

「あなた方のような、人間の味方をする妖怪《ようかい》は許《ゆる》しがたいのです。影《かげ》をいただきますよ」

ワニス店長が、そろそろと長い口を開けた。肉食恐竜《きょうりゅう》のような鋭《するど》くとがった歯が、ずらっと並《なら》んでいる。

ズゴゴゴ

ワニス店長の口から、異様《いよう》な音が聞こえてきた。

同時に、スザッと床《ゆか》を引きずるような音がして、一番長い影《かげ》……五人の中で一番背《せ》の高いばなにーさんの影《かげ》が、ワニス店長の方に長く引っ張《ぱ》られた。

「きゃあ!」「やめて!」「イヤだあ!」

花美羅《かみら》さんたちがいっせいに悲鳴を上げ、

「くそ！　痛《いて》え！」

ばなにーさんがもがいて、首をねじった。

「うめ也《や》！　ばなにーさんたちが！」

アサギが声を上げるとうめ也《や》がきっと目に力をこめて、うなずいた。

「助けに行くぞ！　ゆうちゃんは姿《すがた》を消して、ついてきて！」

うめ也《や》はドカンとドアを破《やぶ》る勢《いきお》いで、ワニス店長に突進《とっしん》した。アサギもゆうちゃんも、その後に続《つづ》いた。

「今すぐやめるんだ！　このバカワニ!!」

「わっ」

ふいをつかれのけぞったワニス店長の手から、スマホがするっとすべり落ちた。

「アサギ！　そのスマホで明かりを消して！　みんなの影《かげ》を消すんだ！」

うめ也《や》が叫《さけ》んだ。

（そうか！　トモルも言ってた！　「影《かげ》ワニに影《かげ》を食べられそうになったら、影《かげ》をかくすといい」って！　光を消したら影《かげ》もかくせるってことだ！）

「了解《りょうかい》!!」

アサギは床《ゆか》に落ちたスマホに飛《と》びつき拾いあげた。

（了解《りょうかい》って言ったけど、どうやって消すの？　妖怪《ようかい》のスマホっていじるの初《はじ》めてなんだけど）

ずらっと、アイコンが並《なら》んでいる。

（わかんないけど、ツキヨコンビニのタブレットと同じようなものだよね！）

並《なら》んだアイコンの中に電球のアイコンがあった。

「これかも！」

それを夢中《むちゅう》でタップしてるうちに、部屋《へや》の照明《しょうめい》がすっと落ちて元の薄暗《うすぐら》さにもどった。

同時に台上から長く伸《の》びていた五人の影《かげ》も、薄暗《うすくら》がりに溶《と》けて消えた。

「アサギ！　いいぞ！」

「さすがアサギ！」

花美羅《かみら》さんたちがいっせいに歓声《かんせい》を上げた。

「ばなにーさん、大丈夫《だいじょうぶ》？」

「めっちゃ背中《せなか》が痛《いた》かったけど、もう平気だよ。それよか、オレたちを台から解放《かいほう》するアプリもそのスマホにあるかもしれない。あいつがスマホをいじったとたんに動けなくなったんだ」

ばなにーさんの言葉に、アサギはわかった！　と返事した。

（ええと、どのアプリなんだろ？）

照明《しょうめい》のアプリみたいに分かりやすいアイコンは、見当たらない。

「おねえちゃん！　そのワニみたいな絵のやつ。なんかヘン」

アサギの横からゆうちゃんのささやき声が聞こえた。するとあんぐり開いたワニの口の絵のアイコンが目に入った。名称《めいしょう》が「ＷＡＮＡ」になっている。

（……ＷＡＮＡって。あっ、罠《わな》?!）

アサギは急いでアイコンをタップした。すると、

「妖怪罠台《ようかいわなだい》　ＯＦＦ」

の表示《ひょうじ》が出た。

（見つけた!!　これだ！）

そう思った瞬間《しゅんかん》、ずしっと重いものが肩《かた》に乗った。まるで巨大《きょだい》な石でも置《お》かれたみたいに体が動かない。それに、なにかいやなにおい——緑色ににごった沼《ぬま》からただよう、どろっとねばりつくようなにおい——がただよってきた。

アサギはスマホを持った手を下ろし、おそるおそる肩《かた》の方に目をやって、息が止まった。銀と黒がまだらになった、ごつい指がアサギの肩《かた》に乗っていた。鋭《するど》く長い爪《つめ》の先がゆるい弧《こ》を描《えが》いている。その手はワニス店長の手にそっくりだったが、それよりもずっと大きかった。

(ワニス店長以外《いがい》にも、影《かげ》ワニがいたんだ!)

「うめ也《や》……」

アサギは震《ふる》える声をしぼりだした。

「でっかい影《かげ》ワニが、ここにいる……」

黒幕《くろまく》のねらいは？

「アサギをはなせ！」

うめ也《や》が大影《おおかげ》ワニに怒鳴《どな》った。

と、うめ也《や》の目玉がぐりんとでんぐり返ると金色に光り、二本に分かれたしっぽが爆発《ばくはつ》したみたいに太く広がった。そしてドクンドクンと脈打《みゃくう》つたびに、むくむくと全身が大きくなっていく。

(出た！　うめ也《や》が大化けねこに変身《へんしん》だ！)

修業《しゅぎょう》の成果《せいか》で、大化けねこになったうめ也《や》の力は、前よりもかなり強くなっている。

「うめ也《や》！　影《かげ》ワニなんか、やっつけちゃって！」

「うぎゃあ！　アサギからはなれろ！」

うめ也《や》がカッと真っ赤な舌《した》と牙《きば》をむきだしたら、

「おお、これはおどろかせて申し訳《わけ》ない」

大影《おおかげ》ワニがそう言って、さっとアサギから手をはなした。

「すぐにはなれますから、どうかお怒《いか》りをしずめてください」

大きな影《かげ》ワニは、よたよた、とアサギのわきからはなれた。その姿《すがた》をよく見ると、渋《しぶ》くすんだ顔はしみだらけ。ワニス店長よりも背《せ》こそ高いが、ずいぶんやせていて、杖《つえ》をついている。

（……この影《かげ》ワニって、もしかしてお年寄《としよ》り？）

「けっして乱暴《らんぼう》なことはしませんよ。ですからあなたも……息子《むすこ》をはなしてやっていただけませんか。そのままではつぶれてしまいます」

「息子《むすこ》？　ワニス店長が？」

うめ也《や》は、われに返ったように足の下を見た。

ワニス店長は、化けねこうめ也《や》の大きな足と鋭《するど》い爪《つめ》で床《ゆか》に縫《ぬ》いつけられたみたいにぺしゃんこになっている。

「お、お父さん、こんなことになって申し訳《わけ》ありません……。ううう」

ワニス店長が、床《ゆか》に下あごをこすりつけたまま、そう言ってうめいた。

「息子《むすこ》のした愚《おろ》かなことは、お詫《わ》び申し上げます。こんなに考えの足りないことをするとは。どうか命は助けてやってください」

おだやかな言い方だが、ずんと地下に沈《しず》むような重い声で大影《おおかげ》ワニがあやまった。

「……アサギや大事なうちのお客さまたちに危害《きがい》を加《くわ》えたりしなければ。ぼくだってこんなことはしたくないです」

うめ也《や》は、しゅるしゅると元の大きさにもどって返事した。

「ワニス、こんな方法《ほうほう》で妖怪《ようかい》のためのよき世界が作れると思うのかね？　みなさん、息子《むすこ》に言って聞かせますので、どうかお許《ゆる》しを……ごほごほっ」

大きなワニは激《はげ》しくせきこむと、胸《むね》を押《お》さえてよろめいた。

「だ、大丈夫《だいじょうぶ》ですか」

うめ也《や》はとっさにワニス店長をはなし、大影《おおかげ》ワニの体を支《ささ》えた。

「ああ、すみませんね」

大影《おおかげ》ワニはていねいに、うめ也《や》に頭を下げた。

「お父さん、あたたかい部屋《へや》にいないと具合が悪くなります。家にもどってください」

やっと立ち上がったワニス店長は、さっきアサギたちが見つけた、となりの暖炉《だんろ》のある部屋《へや》を指さした。

(あ、ここって……ワニス店長のお父さんの家につながってるんだ。スターXからすぐに行けるように非常口《ひじょうぐち》の行き先にしてたのか)

なにかにつけ、感じが悪いワニス店長だけど、お父さんにだけは優《やさ》しいのかもしれない。

「こんな騒《さわ》ぎが聞こえてきたら、暖炉《だんろ》の前でのんびりなどしていられないよ」

大影《おおかげ》ワニは、なげかわしそうに頭を振《ふ》った。

「あ、あの」

アサギは大影《おおかげ》ワニに向かって、たずねた。

「あなたはワニス店長の考えは、まちがってると思いますか」

「ええ、もちろんですとも」

大影《おおかげ》ワニはうなずいた。アサギは、ほっとした。ワニス店長の悪だくみを、このお父さんなら叱《しか》ってやめさせてくれるかもしれない。

「なら、今すぐ、みんなを台から解放《かいほう》して、家に帰してください」

うめ也《や》が台を指さして言った。台の上に棒立《ぼうだ》ちにさせられて、手も足も動かせない状態《じょうたい》の五人はもうぐったりとしていた。土羅蔵《どらくら》さんなどは顔色が泥《どろ》のような色になっている。

「もちろんですとも。ほら、みなさんをなんとかしてあげなさい。なんだったかな、よくわからんがその台のリモコンみたいなものを、お前、持ってただろう」

(リモコン、あ、このスマホのこと?)

大影《おおかげ》ワニがワニス店長にそう言ったので、アサギは手の中にあったスマホを差《さ》し出そうとしたそのとき。

「アサギ、ダメだ! スマホをわたすな!」

うなだれて目を閉《と》じていたはずのばなにーさんが、ふいに叫《さけ》んだ。

「さっきそのデカいワニ、後ろから手を伸《の》ばして、アサギからスマホを取り上げようとしていたんだ。うめ也《や》店長がでかくなったらあわてて、手を引っこめた。信用《しんよう》するな!」

「えっ」

アサギはスマホを握《にぎ》りしめて、飛《と》びのいた。

「なんだって！」

うめ也《や》が血相を変《か》えた瞬間《しゅんかん》、ワニス店長がうめ也《や》を後ろから蹴《け》り倒《たお》した。

そして、床《ゆか》に倒《たお》れたうめ也《や》の上にドシンと足を乗せた。

うめ也《や》が目をぎらつかせ、「うぎゃあ！」と吠《ほ》えると、大影《おおかげ》ワニはぐいっとアサギの肩《かた》をつかんだ。

「またさっきみたいな、にぎやかなのに変身《へんしん》しないでくださいよ。このお嬢《じょう》さんの影《かげ》を取られたくなかったらね」

大影《おおかげ》ワニの言葉に、うめ也《や》は凍《こお》りついたように固《かた》まった。

「ワニス、その方も早く妖怪罠台《ようかいわなだい》に乗ってもらったほうがいい。落ち着いて話もできないよ」

大影《おおかげ》ワニは、不《ふ》ゆかいそうに言った。

「そうします！　すきをついて変身《へんしん》されるとやっかいだからジンジに手伝《てつだ》わそうか。しかし店も人手不足《ぶそく》だしな」

ワニス店長はうめ也《や》をぐいぐいと足でふみつけながら、つぶやいた。

「くそう、だましたな！」

うめ也《や》が怒鳴《どな》ると、大影《おおかげ》ワニは心外そうに目をくるくると動かした。

「だましてなんかいませんよ。わたしはＫＷＫプロジェクトをやめるとも、みなさんをこのまま解放《かいほう》するとも言ってませんしね」

「さっき、息子《むすこ》の考えはまちがってるって、言ったじゃない！」

アサギがかみつきそうな勢《いきお》いで言うと、大影《おおかげ》ワニはアサギの肩《かた》に置《お》いた手に、わずかに力を入れて返事した。

「ええ、まちがってると思いますよ。わたしは、乱暴《らんぼう》なやり方は嫌《きら》いなんですよ。ＫＷＫプロジェクトは、妖怪《ようかい》のための美しい世界を作るものだ。だからといってどんなやり方でもいいというわけじゃない。妖怪《ようかい》みんなのためなのだぞ。分かっているのかワニス」

大影《おおかげ》ワニは、ワニス店長に小言を言い出した。

「ツキヨコンビニをブラック・ホールで壊《こわ》すなんて！　あの店はうちの店にするんだぞ。それにあんなにもお客さまを怖《こわ》がらせてしまってどうする」

「それはちがうよ！　あそこまでやったからこそ、人間とつながりの深いツキヨコンビニ常連妖怪《じょうれんようかい》たちを、ここまでおびきよせられたんじゃないか！」

ワニス店長が、子どもっぽい口調で言い返した。

（えっ、今なんて……）

アサギは、聞いたことが信《しん》じられなかった。

「どういうこと……？　ツキヨコンビニのクリスマス・パーティーをめちゃくちゃにしたのは、ばなにーさんや土羅蔵《どらくら》さんたちを、つかまえるためだったってこと？」

思わず口に出たアサギのその言葉に、大影《おおかげ》ワニはうなずいた。

「その通りです。わたしの指示《しじ》でね。まあ、人間の子どもまで、ここまでやってくるのは予想外でしたが」

「じゃあ、あなたがこのＫＷＫプロジェクトの黒幕《くろまく》……首謀者《しゅぼうしゃ》なんだな。宵一《よいち》さんが言ってた通りだ。スターＸには、ワニス店長の後ろに社長にあたるだれかがいて、大がかりな悪だくみがあるはずだと」

うめ也《や》がそう言うと、ぴくり、と、大影《おおかげ》ワニの鼻先がゆれた。そして、銀色の目玉が墨《すみ》を流したように、一気に黒く染《そ》まった。

「ほう、ほう。そこまでそちらの社長さんはお気づきでしたか。それなのに、あなた方をここに送り込《こ》むとは、うかつなことでしたね」

大影《おおかげ》ワニはアサギの肩《かた》から手を下ろして、スマホを握《にぎ》ったままのアサギの手首をぐいっとつかんだ。

「痛《いた》っ！」

アサギの手からスマホが、カシャンと音をたてて床《ゆか》に落ちた。

「わたしはね、気に入らないものは影《かげ》を食って、殺《ころ》してしまう、とか、人間がイヤだからすべて追い出してしまうとか、そんな単純《たんじゅん》な考え方は、よくないと思うんですよ」

落ちたスマホを拾い上げながら、大影《おおかげ》ワニは言った。

「たとえばこのお嬢《じょう》さんです。とても度胸《どきょう》があって、いい目をしている。妖怪《ようかい》とも対等に、怖《こわ》がらずに話せる。こういう方なら、ＫＷＫプロジェクトの一員として働《はたら》いてもらってもいい」

「お、お父さん、人間を、雇《やと》うのですか？」

信《しん》じられない、といった面持《おもも》ちで、ワニス店長はアサギと大影《おおかげ》ワニの顔を交互《こうご》に見た。

「いくら排除《はいじょ》してもしぶとくて欲深《よくぶか》い人間のことだ。欲《よく》で一致団結《いっちだんけつ》して、いつか妖怪《ようかい》の国に攻《せ》め入ってくるかもしれない。だから人間の仲間《なかま》も必要《ひつよう》なんだよ。人間どもの情報《じょうほう》をさぐってもらいやすい。それに人間と通じている妖怪《ようかい》も必要《ひつよう》だ。妖怪《ようかい》は敵《てき》ばかりじゃないと人間を油断《ゆだん》させる役目に適任《てきにん》だよ」

「オレたちに仲間《なかま》になれってか？　バカバカしい！」

ばなにーさんが叫《さけ》んだ。

「そうよ。いくらおどされたって、あんたの仲間《なかま》になんかならないわ！」

ぐったりしていた花美羅《かみら》さんも、必死《ひっし》で頭を起こして、言い募《つの》った。

「おどしなんかしませんよ。みなさん、わたしの言う通りにしたくなるんです」

大影《おおかげ》ワニは、スマホの画面をながめて首をかしげ、結局《けっきょく》は息子《むすこ》にたずねた。

「これはどこをさわったら、明るくなるんだ？」

「電球のアイコンをタップです。何回もタップするとそれだけ明るくなりますから」

大影《おおかげ》ワニは不器用《ぶきよう》な手つきで、スマホをさわり、部屋《へや》の照明《しょうめい》をどんどん明るくした。

真昼のような白い光が台の上の五人を照《て》らした。同時に黒い影《かげ》が、帯《おび》のように五人から長く伸《の》びた。

大影《おおかげ》ワニはスマホを息子《むすこ》に手わたすと、杖《つえ》に体をあずけるようにして、台からこぼれ落ち床《ゆか》まで伸《の》びている、五人の妖怪《ようかい》の影《かげ》にうっとりと目を細めた。

うめ也《や》、すべてをあきらめる？

「お父さん。あの術《じゅつ》を使うんですか？」

「ああ、この方たちは、おおいに役にたつだろうからね。影《かげ》を少しだけいただく」

「もったいぶっていろいろ言ってたくせに、やっぱり影《かげ》を取って食うんじゃないか！」

ばなにーさんが、ブウッと鼻を鳴らした。

「影《かげ》をいただきはしますよ。ただし食べるんじゃない。わたしのしもべとなってもらうためですよ。この中に影《かげ》を取られた妖怪《ようかい》はわたしの言う通りになりますからね」

大影《おおかげ》ワニは持っていた杖《つえ》をかかげてみせた。黒っぽいモヤモヤしたもように見えたその杖《つえ》は、明るい照明《しょうめい》の下でよく見ると、ちがっていた。ガラスのように透明《とうめい》な筒《つつ》になっていて、その中で真っ黒い煙《けむり》のようなものが、うごめいている。

（……あれが、取ってきた影《かげ》ってこと？　じゃあ、ばなにーさんや土羅蔵《どらくら》さんたち、ううんうめ也《や》だって影《かげ》を取られたら……大影《おおかげ》ワニの言いなりになっちゃうの?!）

「影《かげ》を食って殺《ころ》すなど、もったいない。役にたつ者は使うんだ。そのへんはよく考えないと、いい指導者《しどうしゃ》になれないぞ」

「お父さんがその……影縛《かげしば》りの術《じゅつ》を、ぼくに伝授《でんじゅ》してくれたら、ぼくだって考えましたよ」

くやしそうにワニス店長が言った。

「お前にはまだ早い」

大影《おおかげ》ワニがつきはなすように、そう答えたとき、ワニス店長のスマホが鳴った。

――ワニス店長！　監視《かんし》カメラの人間・人系人外《ひとけいじんがい》センサーに、なんか引っかかりましたあ！　警報《けいほう》ビービー、鳴ってまーす！

ジンジの声がスピーカーから聞こえた。

「人間なら、とっくにここでつかまえてるよ。今ごろ報告《ほうこく》するなんて遅《おそ》いぞ！」

怒《おこ》るワニス店長に、ロウロが言い返した。

――ちがいます！　たった今っすよ！　カメラ見たらユーレイぽいです！　それも入っ

てきたんじゃなくて、すんごい勢《いきお》いで店から出てったんです！

「ユーレイ？　出ていった？　どういうことだ」

――わかんないです！　知らない間に店に入りこんでいたみたいです！

（そ、そのユーレイって、ゆうちゃん？）

そういえば、ゆうちゃんの気配がない。大影《おおかげ》ワニが部屋《へや》の明かりをつける前は、アサギの足にくっついている感触《かんしょく》があったのに。

アサギはうめ也《や》の顔を見た。

うめ也《や》はかすかに、アサギにうなずき返した。

（そうか。うめ也《や》がゆうちゃんだけでも、先に逃《に》げるように合図したのかも！）

アサギがそう思ったときだった。

「うあっ！」

うめ也《や》がスマホの会話に気を取られているワニス店長をはねのけて、立ち上がった。そして猛然《もうぜん》と走り出した。

「こいつ！　逃《に》げるのか！」

うめ也《や》は半分開いたままの非常口《ひじょうぐち》のドアに飛《と》びつくと、

「みんな、すまない」

そう言って部屋《へや》を出ていった。

「待て!!」

ワニス店長がその後を追いかけた。

「うめ也《や》店長……自分だけ逃《に》げたの？」

「まさか！　そんなはずない」

「だって、『みんな、すまない』って、言ったし。そういうことでしょ？」

花美羅《かみら》さん、美射奈《みいな》さん、絵笛芽羅《えふえめら》さんが、言い合うのが聞こえた。

(ゆうちゃんはともかく、うめ也《や》が逃《に》げた？　わたしたちを置《お》きざりにして？)

とても信《しん》じられなかった。

「うめ也《や》店長には、なにかお考えがあるんでしょう……そうでなければ……」

かすれた声で、土羅蔵《どらくら》さんがつぶやいたが、三姉妹《しまい》のわあわあ言う声に消されてその先はよく聞こえなかった。ばなにーさんは、だまって非常口《ひじょうぐち》の方をにらんでいる。

開いた非常口《ひじょうぐち》の向こう、スターXの事務室《じむしつ》からは、ドタンバタンと激《はげ》しく二人がぶつかりあう音が聞こえてきた。

物が倒《たお》れる音や、悲鳴。そしていったん静《しず》かになった。

(うめ也《や》、どうしたの？　逃《に》げられたの？　まさか、またつかまった?!)

思わず非常口《ひじょうぐち》に向かって歩き出したアサギは、ぐいっと後ろに引っ張《ぱ》られたみたいにつんのめった。背中《せなか》がつねられたみたいに痛《いた》い。

振《ふ》り向くと、アサギの床《ゆか》に伸《の》びた影《かげ》を、大影《おおかげ》ワニが杖《つえ》の先で床《ゆか》に刺《さ》し留《と》めていた。

「お嬢《じょう》さん、あなたの仲《なか》のいい妖怪《ようかい》たちは頼《たよ》りなくあてにならない。わたしたちの仲間《なかま》になった方がいいってことが、これでわかったでしょう？」

大影《おおかげ》ワニがにこやかにそう言った。

ほどなく、非常口《ひじょうぐち》のドアが大きく開き、ワニス店長と、ワニス店長に首ねっこをつかまれたうめ也《や》がずるずると引きずられて入ってきた。

ケガをしたのか、うめ也《や》はつらそうに目を閉《と》じ、おなかを押《お》さえてうめいている。

ワニス店長は無言《むごん》で妖怪罠台《ようかいわなだい》に向かい、うめ也《や》の体をすごい力で台の上に放り投げた。

「ううっ」

うめ也《や》は台に乗るなり、上から吊《つ》り下げられたように、ぴんと背筋《せすじ》を伸《の》ばして台の上でまっすぐに立ち上がった。そして観念《かんねん》したようにこう言った。

「影《かげ》を取るならさっさと取ってくれ。そうだ、もっと影《かげ》がはっきり見えるように、照明《しょうめい》ももっと明るくすればいい！」

「さすがツキヨコンビニのうめ也《や》店長、ご親切な提案《ていあん》ですな。最近《さいきん》、目も悪くなって、明るい方が影《かげ》はいただきやすいんですよ。ワニス、ここの照明《しょうめい》をもっと明るくしておくれ」

大影《おおかげ》ワニは、うれしそうにワニス店長に命じた。ワニス店長はうなずいて、スマホを取り出し操作《そうさ》を始めた。

（うめ也《や》のバカ、なんてこと言うの！　あきらめちゃうの！）

アサギはそう叫《さけ》びたかったが、声が出なかった。

いつだって、アサギのことを守ってくれたうめ也《や》。まだ修業《しゅぎょう》が足りてなくて、ほんのわずかの時間しか大化けねこに変身《へんしん》できないときでも、必死《ひっし》で、アサギのためにがんばってくれた。

過保護《かほご》パパみたいだと、みんなにからかわれるほど、アサギのことを心配してくれていた。強くて勇気《ゆうき》があって優《やさ》しいうめ也《や》が、すべてあきらめてしまうなんて。

ばなにーさんや土羅蔵《どらくら》さんたちも、絶望《ぜつぼう》した面持《おもも》ちで、ただ立ちつくしている。

このまま、みんなそろって大影《おおかげ》ワニにあやつられてしまうのだろうか？

スターXを盛《も》り上げ、影《かげ》ワニ族のしもべとなって生きる？　ツキヨコンビニがなくなるだけでなく、人間の世界も影《かげ》ワニ族に少しずつ侵略《しんりゃく》されていくのを止められない？

ママや、トモル、学校で仲良《なかよ》く話せるようになった、みんなの顔が浮《う》かんだ。

アサギの家族も、友だちも、みんな影《かげ》ワニ族のしもべにされてしまうかも。そう思ったら、体が沈《しず》み、ずうんと地の底《そこ》にのみこまれていくような気がした。

(こんなのって。ウソだ)

ワニス店長がスマホをタップして、今や部屋《へや》の明かりは、真夏の太陽のようにまぶしくアサギたちを照《て》らしている。

「では、うめ也《や》店長、きみの影《かげ》からいただくことにするよ。きみはとても優秀《ゆうしゅう》で忠誠心《ちゅうせいしん》の強い店長だ。これからはスターXのために、働《はたら》いておくれ」

店長
うめせ

大影《おおかげ》ワニが、杖《つえ》の先をアサギの影《かげ》からはずした。そして台から床《ゆか》に伸《の》びているうめ也《や》の影《かげ》の端《はし》の方……まるっこい頭とぴんと立った三角耳のシルエットのあたりを杖《つえ》の先で、さらさらとなでた。

「うん、このへんがいいかな。ではいただきますよ」

大影《おおかげ》ワニが真っ黒の目玉をぐりんとむくと、黒紫《くろむらさき》の煙《けむり》が口元からゆらゆらとたなびいてきた。大影《おおかげ》ワニは腕《うで》をゆっくりと振《ふ》りあげると、うめ也《や》の影《かげ》に向けて思い切り杖《つえ》の先をつき刺《さ》した。

(うめ也《や》!)

アサギは目を閉《と》じ、手で顔をおおった。

ぜんぶ想定内

アサギがぎゅうっと目を閉《と》じたそのとき、

「もちこちゃん、今だ！」

うめ也《や》が、そう怒鳴《どな》るのが聞こえた。

（も・ち・こちゃん？　って？　え？）

指のすきまからアサギに見えたのは、うめ也《や》が妖怪罠台《ようかいわなだい》から飛《と》び降《お》り、大影《おおかげ》ワニに突進《とっしん》している姿《すがた》だった。

うめ也《や》に続《つづ》いてばなにーさんや花美羅《かみら》さんも台から飛《と》び降《お》り、最後《さいご》に美射奈《みいな》さんと絵笛《えふえ》
芽羅《めら》さんがよろめく土羅蔵《どらくら》さんの体を支《ささ》えて降《お》りた。

（なんで？　どうしてみんな台から降《お》りられたの？　ワニス店長がまちがえて妖怪罠台《ようかいわなだい》ア

プリをオフにしちゃったとか……、って、えええっ!!!)

スマホを握《にぎ》っていたのは、ワニス店長ではなかった。

ワニス店長の姿《すがた》はどろりと溶《と》けて流れ、青っぽいスライム状《じょう》になっている。そして長く伸《の》びた触手《しょくしゅ》の一本が、スマホをしっかりと持っていた。

「も、もちこちゃん！　もちこちゃんがワニス店長に化けてたの！」

アサギがそばに駆《か》け寄《よ》ると、もちこちゃんはスマホを得意《とくい》げにアサギに見せた。スマホの画面を見たら、妖怪罠台《ようかいわなだい》のアプリがしっかりOFFになっていた。

「もちこちゃん、サイコー!!　ありがとう！」

もちこちゃんはつぶらな目をぱちぱちさせてうなずいた。そして、そのスマホをじーっと見つめた。閉《と》じた口が、もごもごと動いて、今にもよだれがたれてきそうだ。

(……もちこちゃん、おなかすいてるんだね)

「そのスマホ、おやつにあげるって言いたいけど、たぶんそれ、食べちゃダメだと思う……」

話していると、いきなりドカッとだれかがアサギの肩《かた》にぶつかってきた。

「ひゃっ」

ON
OFF

アサギがあおむけに倒《たお》れかけたのを、もちこちゃんが支《ささ》えた。

アサギをつきとばしたのは、大影《おおかげ》ワニだった。アサギの後ろの壁《かべ》目がけて走っている。

その壁《かべ》には、となりの部屋《へや》……大影《おおかげ》ワニの家につながるドアが開いたままになっていた。

「止めてくれ！　そっちから外に逃《に》げられたら、やっかいだ！」

大影《おおかげ》ワニのしっぽをつかみそこねたうめ也《や》が怒鳴《どな》った。

（外って、あっ！）

アサギは、さっき見た、雪の降《ふ》りつもる森と凍《こお》った湖の景色《けしき》を思い出した。大影《おおかげ》ワニの家のある場所は、いったいどこなのか見当もつかない。

（あんな深い森の中に逃《に》げられたら、つかまえられないかも！）

「もちこちゃん!!　その入り口をふさいで!!」

アサギはとっさにそう叫《さけ》んだ。

もちこちゃんは、きゅるっと返事するやいなや、大影《おおかげ》ワニを通せんぼするように触手《しょくしゅ》を伸《の》ばした。そして、しゅばばっと、その入り口に網《あみ》をかけるようにしてふさいだ。

「くそ！」

もちこちゃんの触手《しょくしゅ》の網《あみ》に、鼻先をつっこんだ大影《おおかげ》ワニは、いらだたしそうに身をよじった。ぎざぎざの歯が網《あみ》に引っかかって、動けない。

「いいぞ！　ばなにーさん、今の間にバナナスーツを！」

うめ也《や》が言うと、すかさずばなにーさんが着ていたバナナスーツを大影《おおかげ》ワニに向けて、しゅばっと飛《と》ばした。

「うおお！」

大影《おおかげ》ワニがいくら抵抗《ていこう》しても、むだだった。バナナスーツはすっぽりと大影《おおかげ》ワニをのみこむと、固《かた》く口を閉《と》じた。

「月喰鳥《つきくいどり》さんに破《やぶ》られてからバナナスーツの素材《そざい》を強化して、すっごくパワーアップしたんだよねえ。今度こそ、いくら中で暴《あば》れても開かないよ。あきらめておとなしくしな」

ばなにーさんの言うことが聞こえたのか、大影《おおかげ》ワニはすぐに動くのをやめた。それで、どでんと巨大《きょだい》なバナナが一本、床《ゆか》に転がっているようにしか見えなくなった。

「やったあ！　ボスキャラ捕獲大成功《ほかくだいせいこう》！」

「うめ也《や》店長、さっすがー!!　計画通りだね！」

美射奈《みいな》さんと絵笛芽羅《えふえめら》さんが飛《と》び上がって、うめ也《や》をたたえた。

「計画通りって……いつからもちこちゃんがワニス店長に化けてたの？　それに本物のワニス店長はどこ？」

アサギはうめ也《や》に聞いた。すると、

「ワニス店長はこちらです。わたしが確保《かくほ》しています」

火を噴《ふ》きそうな目つきの月喰鳥《つきくいどり》が、非常口《ひじょうぐち》の向こうから顔を出した。

「ほら、こっちへ」

月喰鳥《つきくいどり》が鋭《するど》い爪《つめ》の先で、縄《なわ》で縛《しば》りあげたワニス店長をぐいっと引っぱった。ドサッと床《ゆか》に放り出されたワニス店長は身動きできず、うぐぐとうめいた。

「月喰鳥《つきくいどり》さんもいたんだ！」

「わたしともちこちゃんは、別動隊《べつどうたい》としてスターXのパーティーにまぎれこむよう、うめ也《や》店長から指示《しじ》されていました。みなさんになにかあったときは、決めた合図で、わたしがワニス店長をつかまえ、もちこちゃんがワニス店長に化けて、みなさんを助けるようにと」

そう説明《せつめい》しながら月喰鳥《つきくいどり》は、怪力《かいりき》の鳥妖怪《とりようかい》から、いつものおだやかで美しい女の人の姿《すがた》

にもどった。

「決めた合図って?」

「ゆうちゃんが店の外に逃《に》げる。そのときわざと監視《かんし》カメラの前を通って、騒《さわ》ぎを起こすっていうのが合図だ。ゆうちゃんは、うまくやってくれたよ。それに気を取られたワニス店長をぼくがKWKプロジェクト室から事務室《じむしつ》に連《つ》れ出して、月喰鳥《つきくいどり》さんにつかまえてもらい、ワニス店長ともちこちゃんが入れかわったというわけだ」

「じゃあ、さっきうめ也《や》が逃《に》げ出したのも、計画通りだったってわけ?」

アサギはがくぜんとした。

「みんな……、ゆうちゃんまで、そんな計画してたんだったら、なんで前もって教えてくれなかったの?!」

「計画じゃなくて、もしものときの想定の一つだよ。スターXに入る直前にひらめいたんだ。一番最後《さいご》に来たアサギに説明《せつめい》するひまはなかった」

「また想定内って! 想定内だから、いいってわけないじゃん! ひどいよ! 本当にうめ也《や》がわたしを置《お》きざりにしてどこかに行っちゃったのかなって思って、すごく……」

つーっと熱《あつ》いものが、アサギのほおに伝《つた》った。

(あれ？　わたし泣《な》いてる？)

アサギは、自分の涙《なみだ》にびっくりした。そして自分が、泣《な》くほど怖《こわ》かったんだというのにようやく気がついた。

すると胸《むね》から言葉にならない気持ちのかたまりが、ぐぐっとせりあがってきた。そのかたまりがのどから出た瞬間《しゅんかん》、ぼむっとはじけた。

「うわあああああーん!!」

アサギは火がついたように泣《な》き出した。赤ちゃんみたいに大泣《おおな》きした。うめ也《や》に飛《と》びついて、そのふかふかの白い毛皮でおおわれた胸《むね》を手のひらでバンバンたたいた。

「すごく怖《こわ》かった！　怖《こわ》かったのに!!　うめ也《や》のバカ！」

「アサギ……。怖《こわ》い思いをさせてごめん。大影《おおかげ》ワニの存在《そんざい》ははっきりわかってなかったし、ここまで、恐《おそ》ろしい術《じゅつ》を使うとも思ってなかった。ごめんよ」

うめ也《や》が大きくやわらかな肉球でアサギの頭をなでながら、小さい声であやまった。

(怖《こわ》かったのは、そっちじゃないよ！　うめ也《や》がわたしのことを見捨《みす》てて逃《に》げちゃったのかもって思ったら、ぞーっとして、目の前が真っ暗になって……）

言いたいことはいくらでもあったが、それは言葉にはならなくて、全部泣《な》き声に変《か》わっていった。

長いつきあいの二人

アサギは、思う存分《ぞんぶん》泣《な》いた。

自分の泣《な》き声が大きすぎて、耳と頭がきいんと痛《いた》くなった。鼻水も出たから、かわいた鼻の下が、カピカピになった。今、ゆっくり泣《な》いてる場合じゃないとも、わかっていた。早くこの場所を出なければいけない。

だけどその場にいるみんな――うめ也《や》も土羅蔵《どらくら》さん一家もばなにーさんも月喰鳥《つきくいどり》ももちこちゃんも――だまってアサギが泣《な》きやむまで待っていてくれた。

やがて土羅蔵《どらくら》さんが、アサギの背中《せなか》をポンポンと優《やさ》しくつばさの先でたたいた。

「わたしたちだって、こんな妙《みょう》な罠《わな》に引っかかるとは思っていませんでしたよ。うめ也《や》店長があそこで機転《きてん》をきかせてくださったおかげで助かりました」

「そうだよ。それにワニス店長がなんか悪だくみをしてるとは思ってたけど、影《かげ》ワニの王国を作ろうなんて、いかれてるよ！　あ、そうだ、ワニス店長のスマホ、どうしたっけ？」

花美羅《かみら》さんが聞いたら、みんないっせいにもちこちゃんを見た。

「まさか、食べちゃったんじゃ……」

美射奈《みいな》さんが言うと、もちこちゃんはちがうちがう！　と言うように、顔の前で数本の触手《しょくしゅ》をぶんぶんと横に振《ふ》った。

「わたしがあずかってまーす！」

絵笛芽羅《えふえめら》さんがワニス店長のスマホをポケットから取り出した。

「KWKプロジェクトに関《かん》するデータが、さっきのプレゼン映像《えいぞう》以外《いがい》にもいっぱい入ってたよ！　影《かげ》ワニ族がなにを企《くわだ》てていたか、動かない証拠《しょうこ》だよ！」

おおっと、みんながどよめいた。

「絵笛芽羅《えふえめら》さんありがとうございます！　それを本部に提出《ていしゅつ》すれば、影《かげ》ワニ族はきっとただではすまないでしょう」

お礼を言ううめ也《や》に、絵笛芽羅《えふえめら》さんは得意《とくい》げに胸《むね》を張《は》って言った。

「そう思って、アサギが泣《な》いてる間にデータをツキヨコンビニの会社の方に送っといたよ。既読《きどく》がついてるから、玉兎《ぎょくと》さん、もう見てるはず！」

「これでおしまいだな！　ツキヨコンビニをつぶそうとするようなヤツは許《ゆる》せない」

ばなにーさんが、月喰鳥《つきくいどり》の足元でうなだれているワニス店長を見ながら、吐《は》き捨《す》てるように言った。

「人間や妖怪《ようかい》をあやつって搾取《さくしゅ》する国を作ろうなんて……、とても許《ゆる》されないことです」

土羅蔵《どらくら》さんも、深くうなずいた。

「では、みなさんはアサギを連《つ》れて……先に店を出てください。アサギが早くもどらないと、ゆうちゃんが心配して、またもどってきかねないですし。もちこちゃんはツキヨコンビニにもどって。氷《ひょう》くん一人じゃ、店が大変《たいへん》だろう」

うめ也《や》が言った。

「うめ也《や》は？」

「ぼくと月喰鳥《つきくいどり》さんで後はなんとかするよ。それから社長に報告《ほうこく》して……」

うめ也《や》がそう言いかけたら、絵笛芽羅《えふえめら》さんの手の中で、ワニス店長のスマホが鳴った。

「わっ！　人狼《じんろう》店員からだよ！　どうする？」

「出ないのもヘンに思われるかも！」

花美羅《かみら》さんが横から手を伸《の》ばし、長い爪《つめ》で電話を受けるアイコンをタップした。すると

ジンジとロウロのあせった声が、スマホから響《ひび》いた。

――ワニス店長！　また監視《かんし》カメラのセンサーがビービー鳴ったと思ったら、今度は人間が来ちゃいました！

――ツキヨコンビニの社長とかいうじいさんなんですが、追い返しましょうか?!

アサギたちはおどろいて、みんな目を丸くした。

「宵一《よいち》さんが来たの?!　ここに？」

「どうして？」

ざわついていると、ワニス店長がいきなり大声でスマホに向かって怒鳴《どな》った。

「ダメだ！　ていちょうにイートインスペースの、一番奥《おく》の席《せき》に、ご案内《あんない》しろ！」

――ええ？　いいんですか？　ウチの店って人間ダメなんじゃ……。

とまどうジンジたちに、なおもワニス店長が命令《めいれい》した。

「いいからそうしろ。大事な商談があるんだ。それからクリスマス・パーティーは終わりだ。お客にはすぐに帰ってもらえ！」

――うっわあ、もしかしてツキヨコンビニを買収《ばいしゅう》する話し合いですか！　了解《りょうかい》っす！

通話が切れた。

「……どういうつもりだ？」

うめ也《や》がしゃがんで、床《ゆか》に転がっているワニス店長にたずねた。

「お父さんがずっと、ツキヨコンビニの社長と会いたがっていたからだ」

ワニス店長が、ぎろっとうめ也《や》を上目づかいににらんで答えた。

するとバナナスーツの中から、くぐもった声が聞こえた。

「……ことを……な」

とぎれとぎれにしか、言っていることが聞こえない。それでうめ也《や》はかがんで、バナナスーツの中の大影《おおかげ》ワニに声をかけた。

「ワニス店長の言ったことは、本当ですか？　宵一《よいち》さ……社長とあなたは、古い知り合い

すぐれた詩人の名詩を味わい、理解を深めるシリーズ

「日本語を味わう 名詩入門」

萩原昌好 編

- ●各1,650円(10%税込)
- ●平均100ページ
- ●小学校中学年〜中学・高校生向き

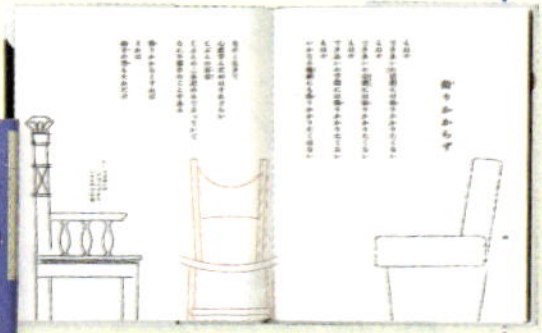

⑯「茨木のり子」(藤本 将 絵)より

① 宮沢賢治 唐仁原教久 絵
② 金子みすゞ 高橋和枝 絵
③ 八木重吉 植田 真 絵
④ 山村暮鳥 谷山彩子 絵
⑤ 立原道造 堀川理万子 絵
⑥ 中原中也 出久根 育 絵
⑦ 北原白秋 メグホソキ 絵
⑧ 高村光太郎 田中清代 絵
⑨ 萩原朔太郎 室生犀星 長崎訓子 絵
⑩ 丸山薫 三好達治 水上多摩江 絵

⑳「まど・みちお」(三浦太郎 絵)より

⑪ サトウハチロー つちだのぶこ 絵
⑫ 草野心平 秦 好史郎 絵
⑬ 高田敏子 中島梨絵 絵
⑭ 山之口貘 ささめやゆき 絵
⑮ 石垣りん 福田利之 絵
⑯ 茨木のり子 藤本 将 絵
⑰ 新川和江 網中いづる 絵
⑱ 工藤直子 おーなり由子 絵
⑲ 谷川俊太郎 渡邉良重 絵
⑳ まど・みちお 三浦太郎 絵

あすなろ書房
〒162-0041
東京都新宿区早稲田鶴巻町551-4
Tel:03-3203-3350
Fax:03-3202-3952

●小社の図書は最寄りの書店にてお求め下さい。お近くに書店がない場合は、代金引換の宅配便でお届けします(その際、送料が加算されます)。お電話かFAXでお申し込み下さい。表示価格は2024年4月1日現在の税込価格です。

http://www.asunaroshobo.co.jp

10代からシルバー世代まで楽しめる 名文による人生案内！

中学生までに読んでおきたい 哲学

松田哲夫 編
案内人 南伸坊

【全8巻】

●各1980円（10％税込）

●判型／A5変型判／略フランス装 ●平均256ページ

シリーズ累計17万部突破！

考えることを楽しもう！

「哲学」は、哲学書や哲学講義の中にだけあるものではありません。私たちの日常の暮らしの中にも、また、気楽に読んでいる文章の中にも、考えるためのヒントはちりばめられています。このシリーズでは、多彩な書き手による、味わい深い文章が並んでいます。優れた文章を味わうのもいいし、哲学的な思索にふけり、自分の頭で考える訓練を積み重ねるのもいいと思います。（編者 松田哲夫）

そうか、哲学って、小難しい理論じゃなくて、私たちの生活のすぐ隣にある何かだったんだ。考えるって、こういうことだったんだ。

角田光代さん

❶ 愛のうらおもて

向田邦子……「ゆでたまご」
円地文子……「親ごころ」
杉浦日向子……「恋人の食卓」
森 瑤子……「手紙」
寺山修司……「愛され方」
坂口安吾……「恋愛論」
吉行淳之介……「嫉妬について」
中野好夫……「恋愛について」
佐野洋子……「愛する能力」
倉橋由美子……「血で染めたドレス」
幸田 文……「啐啄」
中島らも……「恋の股裂き」
太宰 治……「満願」

❸ うその楽しみ

星 新一……「約束」
幸田 文……「うそとパン」
柳田国男……「ウソと子供」
井伏鱒二……「うそ話」
井上ひさし…「昭和二十二年の井伏さん」
種村季弘……「贋エチオピア皇帝の訪れ」
河合隼雄……「うそからまことが出てくる 他一編」
串田孫一……「嘘について」
加藤周一……「嘘について」
米原万里……「北風と太陽」
池田晶子……「正直者は馬鹿をみるか」
遠藤周作……「嘘」
太宰 治……「嘘」
伊藤 整……「正直な夫」
佐野洋子……「悪女と善人」
内田百閒……「正直の徳に就いて」
吉田健一……「とぼけることの効用」
桂 三木助（演）「饅頭こわい」
小松左京……「完全犯罪」

❺ 自然のちから

宮沢賢治……「やまなし」
山本多助……「ミソサザイの神が語った話」
吉野せい……「春」
臼井吉見……「自分をつくる 抄」
今西錦司……「山」
森 毅……「山は迷うもの／キノコの人生論」
湯川秀樹……「自然と人間」
日高敏隆……「いろんな生き方があっていい」
杉浦明平……「雑草世界の近代化」
渡辺一夫……「大自然と人間」
開高 健……「瞬間の大河」

❼ 人間をみがく

古今亭志ん生（演）「宿屋の富」
内田百閒……「蜻蛉玉」
中川一政……「へそまがり」
吉田健一……「贅沢／貧乏」
須賀敦子……「ほめる」
白洲正子……「人間の季節」
串田孫一……「叱る・しかる・怒る」
湯川秀樹……「甘さと辛さ」
河盛好蔵……「イヤなやつ」
大庭みな子…「遠い山をみる眼つき」
河合隼雄……「人の心などわかるはずがない」
吉野秀雄……「ひとの不幸をともにかなしむ」
森 毅……「わらじは二足」
吉田 満……「転機」
渡辺一夫……「服装の効用について」
茨木のり子…「一本の茎の上に」
堀田善衞……「世界・世の中・世間」
丸山眞男……「『である』ことと『する』こと」
星 新一……「生活維持省」
小松左京……「再建」
幸田露伴……「太郎坊」

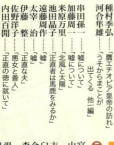

なのですか？　それで社長があなたに会いに来たと？」

「よけいなことをするな！」

バナナスーツ越《ご》しに、大影《おおかげ》ワニが怒鳴《どな》ったのが聞こえた。

「宵一《よいち》になど、会いたくはない！　あいつの顔を見たかったのは、ＫＷＫプロジェクトが成功《せいこう》した後にだ！」

「わたしは、ずっと会いたかったよ」

月喰鳥《つきくいどり》の後ろから、やわらかで物憂《ものう》げな声がした。

「社長！」

事務室《じむしつ》に、いつものぼうしをかぶった、スーツ姿《すがた》の宵一《よいち》さんが立っていた。

うめ也《や》はあわてて立ち上がり、宵一《よいち》さんの元に駆《か》け寄《よ》った。アサギもそれに続《つづ》いた。

「ワニス店長、ジンジくんとロウロくんを叱《しか》らないであげてくださいよ。イートインスペースに案内《あんない》してくれたのを、わたしが勝手にここに入ってきたんだから。彼《かれ》らは今、お客さまたちを送り出すのに忙《いそが》しいしね」

「宵一《よいち》さん！　大影《おおかげ》ワニと本当に古くからの知り合いなの？　まさか友だちだとか？」

アサギがたずねると、

「そうだ」「ちがう！」

宵一《よいち》さんが答えるのと、大影《おおかげ》ワニの返事が重なった。

宵一《よいち》さんが、ふうっと息をつくとこう問いかけた。

「……きみがぼくをもう友だちだと思っていないこともわかってるよ。だけど、せっかくだから、きみときみの息子《むすこ》さんが作った、この店をじっくり見たいな。案内《あんない》してもらえるかい？」

「……よろしければわたしがご案内《あんない》いたします」

ワニス店長が言った。

「ありがとう。月喰鳥《つきくいどり》さん、ワニス店長の縄《なわ》をほどいてやってくれ。それとうめ也《や》店長」

宵一《よいち》さんは、バナナスーツを指さして言った。

「彼《かれ》もそこから出してやってくれ」

「でも社長、それは危険《きけん》なのでは？」

うめ也《や》が言うと、宵一《よいち》さんがかぶりを振《ふ》った。

「ＫＷＫプロジェクトの情報《じょうほう》は玉兎《ぎょくと》さんがもう本部に送ったよ。ほどなく本部からここに調査員《ちょうさいん》がやってくるだろう。計画が明るみにでた今、彼《かれ》らはもう、無茶《むちゃ》はできないはずだ」

「本部の調査員《ちょうさいん》って？」

アサギが小声でとなりに座《すわ》っている土羅蔵《どらくら》さんに聞くと、

「人外《じんがい》の世界で大きな問題を起こした者をくわしく調査《ちょうさ》する役割《やくわり》の者です」

「妖怪《ようかい》も問題を起こしたら、怒《おこ》られるし、罰《ばつ》もあるってわけ」

花美羅《かみら》さんが肩《かた》をすくめてつけくわえた。

「……社長がそうおっしゃるなら……」

うめ也《や》はバナナスーツを開けてしぶしぶ、大影《おおかげ》ワニを外に出した。月喰鳥《つきくいどり》が縄《なわ》をほどくとワニス店長が大影《おおかげ》ワニを助け起こして立たせ、杖《つえ》を手に持たせた。

「痛《いた》。おまえの店の従業員《じゅうぎょういん》もお客も乱暴《らんぼう》だ……無茶《むちゃ》なことをする！」

大影《おおかげ》ワニは腰《こし》に手を当て、顔をしかめた。

「乱暴《らんぼう》なのはきみの息子《むすこ》もいい勝負だよ」

宵一《よいいち》さんが答えた。

大影《おおかげ》ワニは、ぐっと宵一《よいち》さんをにらんだ。宵一《よいち》さんもだまって、大影《おおかげ》ワニを見つめ返した。

向かい合う二人に、ぴん、と、空気が張《は》りつめた。

うめ也《や》も月喰鳥《つきくいどり》も、それぞれ大影《おおかげ》ワニとワニス店長の背後《はいご》で身構《みがま》えている。アサギも、土羅蔵《どらくら》さん一家もばなにーさんも、身を固《かた》くして二人を見つめた。

やがて、ふ、と、宵一《よいち》さんが口元に笑《え》みを浮《う》かべた。大影《おおかげ》ワニも、苦笑《にがわら》いをした。

「宵一《よいち》、その、にやけた笑顔《えがお》！　あい変《か》わらず……だな」

「そっちも、あい変《か》わらず目つきが悪い。ワジズ」

「けっ」

名前を呼《よ》ばれた大影《おおかげ》ワニは顔をしかめると、息子《むすこ》に言った。

「ワニス、店を案内《あんない》してやれ。行こう」

宵一《よいち》さんと大影《おおかげ》ワニはそろって杖《つえ》を――宵一《よいち》さんは持ち手におしゃれな銀のかざりがついた木の杖《つえ》を、大影《おおかげ》ワニは影《かげ》のうごめく不気味《ぶきみ》な黒い杖《つえ》を――つき、ワニス店長の後について、並《なら》んでゆっくり歩きだした。

アサギたちも、大影《おおかげ》ワニと宵一《よいち》さんの後を、売り場の方にぞろぞろとついていった。

信《しん》じられないことばかり

（いったいどうなってるの？）

アサギは、仲《なか》よくイートインスペースに腰《こし》を落ちつけた二人……大影《おおかげ》ワニと宵一《よいち》さんのようすが納得《なっとく》できず、うーん？　とうなってしまった。

二人は、ワニス店長の案内《あんない》でスターXのすみずみ――売り場のすべてと店内キッチン、在庫置《ざいこお》き場に、出入り口や看板《かんばん》、空調に照明《しょうめい》に監視《かんし》カメラまで――を見て回った。

宵一《よいち》さんが、それらのシステムやデザインなどで、見るべきところを一つ一つ口に出してほめ、感心した。すると大影《おおかげ》ワニも、そのたびにうれしそうに目を細め、さらに熱心《ねっしん》に息子《むすこ》といっしょに考えたところを説明《せつめい》したりした。

そうやってさんざん見て回ったあと、みんなでイートインスペースに座《すわ》っていたら、人《じん》

狼《ろう》店員が、飲み物とお菓子《かし》を運んできた。

(二人は本当に昔からの友だちなの？　それなのに大影《おおかげ》ワニは、あんな恐《おそ》ろしい計画を立てていたの？　それがわかったのに、なんで宵一《よいいち》さんはこんなにのんびり話してるの？)

アサギは聞きたいことがありすぎて、胸《むね》の中がモヤモヤでいっぱいだったが、目の前に置《お》かれたお菓子《かし》――ピンクの丸いパンみたいなもの――にはとりあえず手を伸《の》ばした。

「あ、サクサクしてて、めっちゃおいしい！」

ひと口食べて、思わず声を上げた。

「これ、クロワッサン生地《きじ》じゃないの？　香《こう》ばしくておいしーい！」

「丸くて、ピンクのしましまなんて、めっちゃかわいいよ！」

「今、流行《はや》ってるんだよね？　カラフルでラブリーなクロワッサンって」

花美羅《かみら》さんたち三姉妹《しまい》も、歓声《かんせい》を上げた。

「こっちのイエローな飲み物もうまいな。パイナップルとマンゴーのスムージー！」

ばなにーさんがほめると、ジンジとロウロが、よく手入れしたピカピカの牙《きば》を見せて、にかっと笑《わら》った。

店長
うめ也

「でしょー？　うちはトレンド、はずさないっす！」

「揚《あ》げてないヘルシーもっちりドーナツもありますよ！」

「えー、それも食べたあい！」

盛《も》り上がるみんなのようすに、宵一《よいち》さんは目を細めて大影《おおかげ》ワニに言った。

「ワジズは、新しいものやおもしろいものでみんなを喜《よろこ》ばせるのが好《す》きだったね。この店のオシャレで楽しいカフェメニューは、いかにもきみらしいね」

「ああ、そうかもな。ツキヨコンビニもいかにも宵一《よいち》らしい店だ。従業員《じゅうぎょういん》や一人一人のお客を大事にしている」

「あのとき、ぼくらが話し合って夢見《ゆめみ》ていた店に、近づけようと努力《どりょく》しているつもりだ」

宵一《よいち》さんが言った。

(ぼくらが話し合って夢見《ゆめみ》ていた店……、って、え？)

「宵一《よいち》さんは大影《おおかげ》ワニといっしょに、店をするつもりだったの?!」

思わずアサギは、大きな声で聞いた。

だが、大影《おおかげ》ワニはアサギを無視《むし》して続《つづ》けた。

料金受取人払郵便

牛込局承認

3055

差出有効期間
令和7年1月9日
切手はいりません

郵便はがき

162-8790

東京都新宿区
早稲田鶴巻町551-4

あすなろ書房
愛読者係　行

■ご愛読いただきありがとうございます。■

小社のホームページをぜひ、ご覧ください。新刊案内や、
話題書のことなど、楽しい情報が満載です。
本のご購入もできます➡http://www.asunaroshobo.co.jp
(上記アドレスを入力しなくても「あすなろ書房」で検索すれば、すぐに表示されます。)

■今後の本づくりのためのアンケートにご協力をお願いします。

お客様の個人情報は、今後の本づくりの参考にさせて頂く以外には使用いたしません。下記にご記入の上(裏面もございます)切手を貼らずにご投函ください。

フリガナ お名前	男・女	年齢　　　歳
ご住所　〒		お子様・お孫様の年　　　歳
e-mail アドレス		

●ご職業　1主婦　2会社員　3公務員・団体職員　4教師　5幼稚園教員・保育士　6小学生　7中学生　8学生　9医師　10無職　11その他(　　　)

※引き続き、裏面もご記入ください。

● この本の書名（　　　　　　　　　　　　　　　　　　　　　　　　）
● この本を何でお知りになりましたか？
1 書店で見て　2 新聞広告（　　　　　　　　　　　　新聞）
3 雑誌広告（誌名　　　　　　　　　　　　　　　　　　）
4 新聞・雑誌での紹介（紙・誌名　　　　　　　　　　　）
5 知人の紹介　6 小社ホームページ　7 小社以外のホームページ
8 図書館で見て　9 本に入っていたカタログ　10 プレゼントされて
11 その他（　　　　　　　　　　　　　　　　　　　　　）
● 本書のご購入を決めた理由は何でしたか（複数回答可）
1 書名にひかれた　2 表紙デザインにひかれた　3 オビの言葉にひかれた
4 ポップ（書店店頭設置のカード）の言葉にひかれた
5 まえがき・あとがきを読んで
6 広告を見て（広告の種類〈誌名など〉　　　　　　　　）
7 書評を読んで　8 知人のすすめ
9 その他（　　　　　　　　　　　　　　　　　　　　　）
● 子どもの本でこういう本がほしいというものはありますか？
（　　　　　　　　　　　　　　　　　　　　　）
● 子どもの本をどの位のペースで購入されますか？
1 一年間に10冊以上　2 一年間に5～9冊
3 一年間に1～4冊　4 その他（　　　　　　）
● この本のご意見・ご感想をお聞かせください。

※ご協力ありがとうございました。ご感想を小社のPRに使用させていただいてもよろしいでしょうか　（1 YES　2 NO　3 匿名ならYES）
※小社の新刊案内などのお知らせをE-mailで送信させていただいてもよろしいでしょうか　（1 YES　2 NO）

「本当にきみらしい、きれいごとで塗《ぬ》りかためた、大ウソつきの店だよ。ツキヨコンビニは！」

そう言って今にもかみつきそうに、があっと大きな口を開いた。アサギたちはおどろいていっせいに立ち上がったが、宵一《よいち》さんだけは、表情《ひょうじょう》も変《か》えずそのまま座《すわ》っていた。

「わたしはあれ以来《いらい》、お前のような人間を信《しん》じて、妖怪《ようかい》がひどい目にあわないような世界を作らねばと考えてきた。そのために息子《むすこ》の力も借《か》りて……。それなのにお前はまた、わたしの夢《ゆめ》を壊《こわ》した。お前こそが悪党《あくとう》だ！　ゴホゴホッ」

大影《おおかげ》ワニは激《はげ》しくせきこんだ。

「お父さん！　おい、毛布《もうふ》を！」

ワニス店長が怒鳴《どな》ると、ジンジとロウロがバックヤードにすっとんでいった。

「すまなかった」

宵一《よいち》さんが立ち上がってあやまった。

「きみをこんなに苦しめることになるとは……。だがぼくは、きみをだまそうとしていたわけじゃないんだ」

「今さら信《しん》じられるものか。お前の言うことなど」

「社長、いったい昔、なにがあったんですか？『銀ワニに、しかえしされているのは、ツキヨコンビニではなく、わたしかもしれない』って、たしかおっしゃっていましたよね？　あれはどういうことなんですか？」

うめ也《や》がとうとうたずねた。それはアサギも気になっていた言葉だった。

「そうだよ。それを教えてくれなきゃ！　しかえしされてもしかたがないようなことを、本当に宵一《よいち》さんがしたってことなの？」

するとワニス店長がきっと宵一《よいち》さんをにらんで、叫《さけ》んだ。

「ツキヨコンビニを愛《あい》するみなさんに教えますよ。この人……宵一《よいち》は昔、わたしたち一族が住んでいた湖に毎日のように遊びに来ていました。とても静《しず》かで美しいところでした。彼《かれ》もまじえて、みんなで水遊びをよくしました。わたしはそのころ子どもでしたが、『妖《よう》怪《かい》の方が、人間よりもよほど信《しん》じられる』と、夕日を見ながら彼《かれ》が父に言っていたのを覚《おぼ》えています」

ワニス店長は、過去《かこ》の記憶《きおく》を昨日《きのう》のことのように語り続《つづ》けた。

「影《かげ》ワニ族は、美しい水源《すいげん》のあるところをすみかにします。都会を好《この》む妖怪《ようかい》もいますが、うっそうとした森の中や、風の吹《ふ》きわたる高原や……自然《しぜん》を愛《あい》する妖怪《ようかい》も多い。だけど人間はよい環境《かんきょう》をどんどん壊《こわ》していく。そこが悩《なや》みだと父が話すと、彼《かれ》は言いました。『人間は妖怪《ようかい》のことを知らなすぎる。妖怪《ようかい》を感じ取れない者がほとんどだが、それは妖怪《ようかい》の存《そん》在《ざい》を否定《ひてい》したり怖《こわ》がったりするからだ。妖怪《ようかい》と人間はおたがいをよく知り、尊重《そんちょう》し合って暮《く》らすべきだ』と。そうですよね？　お父さん」

振《ふ》り向いて聞いた息子《むすこ》に、大影《おおかげ》ワニは、大きくうなずき、その続《つづ》きを話した。

「ああ。そのためには両方が楽しくすごせる場所を作ろう、と言い出したのは宵一《よいち》だった。わたしは宵一《よいち》と共《とも》に、人間と妖怪《ようかい》どちらもが楽しく買い物ができる店を作ろうと、話し合った。お客同士《どうし》が盛《も》り上がれる、飲食のスペースも作ろう……。つまり妖怪《ようかい》＋人間コンビニを二人で作る計画だった」

「そんなコンビニ、あったらすごくいいじゃん！」

ばなにーさんが口笛をふいて、感心した。

「ほんとだよね。めっちゃ楽しそう！」

「今からでも、そのコンビニ、いっしょに作ればいいのに」

「賛成《さんせい》！　だってそこまで仲良《なかよ》しだったんでしょ？　仲直《なかなお》りすれば?!」

土羅蔵《どらくら》三姉妹《しまい》も、ノリノリでそう提案《ていあん》した。

「できるものか！　あんなことがあったのに！」

大影《おおかげ》ワニが吠《ほ》えるように言った。

「一号店は湖畔《こはん》の一番ながめの美しいところに作ろうと場所も決め、店の設計図《せっけいず》も作った。影《かげ》ワニ族だけでなくこの計画を手伝《てつだ》ってくれる妖怪《ようかい》も集まってきていた。ところがある日、その湖畔《こはん》を人間たちに占拠《せんきょ》された。リゾート地として開発が始まったんだ。わたしたちの一族は、店のオープンどころか、住む場所も失《うしな》ったんだ。すべて、こいつのせいだ」

大影《おおかげ》ワニが宵一《よいいち》さんを指さした。

月に映《うつ》った真実

「リゾート開発のせいで、すみかを追われたのか……。だがそれは社長のせいなのか？」

うめ也《や》が、たずねた。

「そのリゾート開発のチームリーダーが、宵一《よいいち》だったんだ」

今度はワニス店長が答えた。

「妖怪《ようかい》の味方のような顔をして、湖畔《こはん》をすみずみまで調査《ちょうさ》していたんだ。いい景色《けしき》の見えるホテルを作るためにね。われわれの家は壊《こわ》され、水遊びした場所は、ホテルの客のためのプライベートエリアになり、影《かげ》ワニ族の子どもが秘密《ひみつ》の遊び場にしていた岩場まで、ホテル関係者《かんけいしゃ》以外《いがい》立ち入り禁止《きんし》にされた」

「社長さん、それは事実なのかね？」

土羅蔵《どらくら》さんが、きびしい顔つきで宵一《よいち》さんにたずねた。

「なにを言い訳《わけ》しても、そのときわたしがそのリゾート開発のチームリーダーであった事実は変《か》わりません。ホテルを建《た》てる調査《ちょうさ》のために、あの湖畔《こはん》に行きました」

静《しず》かな口調で、宵一《よいち》さんが答えた。

「認《みと》めるんだな！　みなさん、聞いたでしょう！　こいつは……」

ワニス店長が言い終わらないうちに、宵一《よいち》さんは話を続《つづ》けた。

「あの湖でワジズたちと出会い、この世で暮《く》らす、妖怪《ようかい》たちの存在《そんざい》を知りました。そして自然《しぜん》に溶《と》けこみ、助け合い、いきいきと暮《く》らす彼《かれ》らの生活に感動しました。だから、あの場所のリゾート開発をなんとか止められないかと、いろんな提案《ていあん》を上司《じょうし》にしました。しかし、わたしの力が足らず、工事が実行されてしまったのです」

「……ウソだ」

大影《おおかげ》ワニは頭を振《ふ》った。

「それが本当なら、なぜ、そのことを工事が始まる前に教えてくれなかったんだ？　いきなりすみかを壊《こわ》され、みんな傷《きず》ついた。一族はバラバラになり、どこにいるのかわからない者もまだたくさんいる」

「わたしはリゾート開発チームから、はずされた。それでも何度も開発の中止をうったえるわたしは会社から警戒《けいかい》され、偽《にせ》の情報《じょうほう》をあたえられた。このリゾート開発は検討《けんとう》中で工事の日程《にってい》も保留《ほりゅう》中だと。だから工事が始まったのを知ったときはがくぜんとした。必死《ひっし》できみらをさがした。だが、もうきみらの姿《すがた》はなく、湖畔《こはん》は立ち入り禁止《きんし》になっていた」

「……」

宵一《よいち》さんの話を聞いていた大影《おおかげ》ワニの息が荒《あら》くなり、ぐらりとよろめいた。ワニス店長があわてて、それを支《ささ》えた。

大影《おおかげ》ワニは、声をしぼり出して言った。

「……ウソだ。そんなことは後からいくらでも言える」

「宵一《よいち》さんはそんなウソつかないよ！」

アサギは叫《さけ》んだ。

「アサギの言う通りだ。そのことを証明《しょうめい》する」

うめ也《や》がイートインスペースから少しはなれて、天井《てんじょう》を見上げて叫《さけ》んだ。

「玉兎《ぎょくと》さん、お願《ねが》いします！」

するとメリメリッとスターXの天井《てんじょう》の角がめくれあがり、その上から玉兎《ぎょくと》さんの真っ赤な目がのぞいた。

「今、ちょうど満月《まんげつ》ですよ。うめ也《や》店長」

「よし！　みなさん、今からぼくが、社長の心を……言えなかったこと、言いたかったことを月に映《うつ》して見せます。ワジズさん、『心映《しんえい》の術《じゅつ》』では真実の気持ちが見えるのは、ご存《ぞん》じですね？」

大影《おおかげ》ワニは返事しなかったが、うめ也《や》は話を続《つづ》けた。

「それを見たら、社長の気持ちを理解《りかい》できるはずです。では始めます」

宵一《よいち》さんを見るうめ也《や》の目が、ぎいんと青みがかった銀色……月の光の色に光り始めた。

「待ってください！」

止めたのは、ワニス店長だった。

「宵一《よいち》の真実の気持ちを映《うつ》すというなら、父の気持ちも同じようにしてほしい！　長く苦しんだ父の気持ちも、みんなに理解《りかい》してほしいんだ！」

うめ也《や》がうなずいた。

「いいでしょう。ではお二人、並《なら》んでください」

うめ也《や》は、大影《おおかげ》ワニと宵一《よいち》さんの目を、光る目でじいっと見つめた。しゅるしゅると、小さな影《かげ》のようなものが二人の目から、吸《す》いだされるようにうめ也《や》の瞳《ひとみ》に飛《と》びこんでいった。

「ようし。受け取りました」

うめ也《や》が、いったんぎゅうっと目を閉《と》じ、深呼吸《しんこきゅう》してから鏡《かがみ》のような満月《まんげつ》を見上げた。

うめ也《や》の目玉がくるんと動いたかと思うと、青白い光がまっすぐ満月《まんげつ》に向けて放たれた。

ほどなく丸い月の表に、二つの景色《けしき》が映《うつ》った。

右には、背中《せなか》を丸めて夜の湖畔《こはん》に座《すわ》りこむ、青年の宵一《よいち》さん。工事現場《げんば》をながめて、頭を抱《かか》えている。ずっと自分を責《せ》める言葉を吐《は》き続《つづ》け、しまいには波打ち際《ぎわ》に倒《たお》れこんで、泣《な》きだした。

左には、若《わか》い大影《おおかげ》ワニ。全身がまばゆい銀色で、精悍《せいかん》な姿《すがた》だ。だが足を痛《いた》めている。工事が始まったのに岩場に取り残《のこ》された子どものワニを助けるためにケガをしたのだ。苦し気に目を閉《と》じ、立ち上がれない。

どちらもとてもつらそうな二人の姿《すがた》に、アサギは胸《むね》が痛《いた》くなった。

（大影《おおかげ》ワニも、宵一《よいち》さんも、こんなにつらい気持ちを味わったんだ。せめて誤解《ごかい》だって早くわかっていたら……）

他の妖怪《ようかい》たちも、アサギと同じ気持ちらしく、胸《むね》を押《お》さえたり、切ない顔をして月に映《うつ》る映像《えいぞう》を見つめている。

宵一《よいち》さんはその後、会社をやめることになった。無口《むくち》になった宵一《よいち》さんは、ぬけがらのように毎日をぼんやりとすごした。

大影《おおかげ》ワニは、次期影《かげ》ワニ族のリーダーになるはずだったが、信用《しんよう》を失《うしな》った。影《かげ》ワニ族は、次々《つぎつぎ》に姿《すがた》を消し、どこかに行ってしまった。大影《おおかげ》ワニの父母も妻《つま》も、愚《おろ》かな計画を立てた大影《おおかげ》ワニを許《ゆる》さず、大影《おおかげ》ワニのそばには、幼《おさな》いワニスしか残《のこ》らなかった。

やがて二人はその後、それぞれの考えを実行に移《うつ》し始めた。

宵一《よいち》さんは、妖怪《ようかい》と人間はかんたんにまじわってはいけないと思った。とはいえ、自分のように妖怪《ようかい》がふつうに見え、話せる人間もいる。それなら、注意深く、妖怪《ようかい》と人間の世界のバランスを保《たも》ち、たがいの領域《りょういき》を侵《おか》さないようにしなければいけない。

そう考えて、コンビニチェーンの仕事を始めた。最初《さいしょ》は、人間向けのコンビニを経営《けいえい》しながら、妖怪《ようかい》が住んでいそうな場所を少しずつ見つけていった。

やがて、ツキヨコンビニを作った。支店《してん》も増《ふ》やしていった。その仕事に没頭《ぼっとう》した宵一《よいち》さんは、気難《きむずか》しく無口《むくち》になったせいか、いつも一人きりで、家族もはなれていった。

大影《おおかげ》ワニは、ワニスとあちこちの湖を転々《てんてん》として暮《く》らした。そして、妖怪《ようかい》が二度と人間に苦しめられないような場所を作るべきだと考えた。

その考えは、ＫＷＫプロジェクトに発展《はってん》していった。

少しずつ影《かげ》ワニたちとも再会《さいかい》し、計画を打ち明けたが、なかなかそれに賛成《さんせい》してくれる者がいなかった。

そんなとき、大影《おおかげ》ワニは父影《かげ》ワニから、かつて伝授《でんじゅ》されていた、影《かげ》をあやつる術《じゅつ》のことを思い出した。

——影《かげ》ワニ族のリーダーだけが、影《かげ》ワニ族を救《すく》うために使う術《じゅつ》だ。使わずにすめば、それにこしたことはない。この術《じゅつ》は自分の命をすり減《へ》らすからな。

大影《おおかげ》ワニは、父影《かげ》ワニが亡《な》くなった後、その術《じゅつ》を使い始めた。

その術《じゅつ》により、大影《おおかげ》ワニにあやつられ計画を手伝《てつだ》う妖怪《ようかい》が増《ふ》えていった。

宵一《よいち》さんがツキヨコンビニを経営《けいえい》していることは、本部にいる協力者《きょうりょくしゃ》に教えてもらった。

それで、スターXコンビニを開店し、ツキヨコンビニを倒産《とうさん》させることを思いついた。

大影《おおかげ》ワニは、スターXコンビニ成功《せいこう》のため、夢中《むちゅう》になって妖怪《ようかい》の影《かげ》を集め、協力者《きょうりょくしゃ》を増《ふ》やした。だが、一つ影《かげ》を集めるたびに、老《お》いが早く進み、体に黒いシミが増《ふ》え、あちこちが痛《いた》み、どんどん体が弱っていった……。

月の映像《えいぞう》がそこでふっととぎれた。

「……きみがそんなに弱っているのは、そのせいだったのか。妖怪《ようかい》は人間よりも長生きのはずなのに、なぜそんな姿《すがた》なのかと思っていた」

宵一《よいち》さんは、大影《おおかげ》ワニの姿《すがた》を見つめて言った。

「あちこち傷《いた》んでいるのは、おたがいさまだ。おまえもあんまり先が長くないな」

大影《おおかげ》ワニも、宵一《よいち》さんの姿《すがた》をじっくりながめて言った。

「宵一《よいち》の気持ちは、分かった。そしてわたしの夢《ゆめ》は、かなわないようだ」

「分かってくれるのか」

宵一《よいち》さんは、大影《おおかげ》ワニの方に一歩、歩み寄《よ》った。

「社長、もう店の前に、本部からの調査員《ちょうさいん》が来ています」

玉兎《ぎょくと》さんが告《つ》げた。

「今見たすべてを、調査員《ちょうさいん》に伝《つた》える。かつてわたしがきみを裏切《うらぎ》ったことが、これらのことの原因《げんいん》だというのも伝《つた》えて、配慮《はいりょ》してもらう。スターXコンビニも、存続《そんぞく》できるように頼《たの》む。だからいっしょに本部へ……いや、その前に、妖怪《ようかい》の病院へ行こう」

宵一《よいち》さんが伸《の》ばした手を、パンッと大影《おおかげ》ワニが杖《つえ》の先で払《はら》った。

「いやだ」

大影《おおかげ》ワニは、ずずっと後ずさった。

ブラック・ホールのかなた

「わたしは多くの者の影《かげ》を取り、あやつり、この計画を手伝《てつだ》わせてきた。それはどんな目《もく》的《てき》であれ仲間《なかま》への裏切《うらぎ》りで、本来許《ゆる》されないことだ。それは分かっている」

大影《おおかげ》ワニは言いながら、イートインスペースのさらに奥《おく》の壁際《かべぎわ》に、後退《こうたい》していった。

「それに、もう体ももたない。病院になど、行くまでもない」

ワニス店長が、そばに寄《よ》ろうとしたが、

「寄《よ》るな！」

大影《おおかげ》ワニは叫《さけ》んで、ぶんと杖《つえ》を振《ふ》った。そして黒い影《かげ》がうごめく杖《つえ》を、両手で握《にぎ》った。

「今、すべての影《かげ》を解放《かいほう》する」

そう言うなり、バキリと杖《つえ》を折《お》った。

「！」

二つに折《お》れた杖《つえ》は、ガラスのようにびしびしとひびが走り、パンッとくだけた。同時にそこに閉《と》じこめられていた、黒い影《かげ》たちが宙《ちゅう》に飛《と》び出した。

「わ！」

目の前に飛《と》んできた影《かげ》に悲鳴を上げたアサギを、うめ也《や》がさっと自分の方に引き寄《よ》せた。

影《かげ》は黒いひとだまのように、からみ合って店内をさまよっていたが、やがて玉兎《ぎょくと》さんがあけた、天井《てんじょう》の穴《あな》に向かって、いっせいにわっと飛《と》んでいった。

ほぼすべての影《かげ》が、満月《まんげつ》の浮《う》かぶ夜空に消えたが、いくつか店内に残《のこ》った影《かげ》があった。

そのうち二つの影《かげ》は、くるくるっと店内を旋回《せんかい》していたかと思うと、ジンジとロウロの方に飛《と》んでいき、その背中《せなか》に飛《と》びつき、体の中にするっともぐりこんだ。

「わ、オレらの影《かげ》、もどってきた！」

「おー！　影《かげ》もどったら、やっぱ体軽いっすね！」

ぴょんぴょん、その場ではねたり、自分の影《かげ》の長さを確《たし》かめてはしゃぐ人狼《じんろう》たちに、花《か》美羅《みら》さんはあきれ顔で聞いた。

「二人とも、大影《おおかげ》ワニに影《かげ》を取られてたの?!」

「はい！　スターXコンビニの雇用《こよう》の条件《じょうけん》だったんで！」

「影《かげ》をちょこっとあずけたら、そのぶん、給料《きゅうりょう》がアガる契約《けいやく》なんす」

「そんな契約《けいやく》、かんたんにしちゃダメじゃないか……」

うめ也《や》が頭を抱《かか》えた。するともう一つの影《かげ》が、すうっとワニス店長の方に向かった。

「うめ也《や》、ワニス店長のところに影《かげ》が！」

アサギが指さすと、みんながワニス店長に注目し、目を見張《みは》った。

影《かげ》は、ワニス店長の背中《せなか》に飛《と》びついたかと思うと、そのまますうるんとワニス店長の体内に入った。同時に、ワニス店長が、びりびりっと体を震《ふる》わせた。

「……ぼくも……影《かげ》を取られていたのか」

がくぜんとしたようすでワニス店長がつぶやくと、大影《おおかげ》ワニが答えた。

「そうとも。おまえは優《やさ》しすぎる。冷酷《れいこく》になれないとKWKプロジェクトは達成《たっせい》できない。そう思ってお前の寝《ね》ている間に影《かげ》を少しもらった」

「そんな……。そんなこと」

ワニス店長が、わななないて両手で顔をおおった。

「ぼくは……どんなことがあってもお父さんの夢《ゆめ》をかなえるつもりだったのに。影《かげ》なんかであやつられなくたって、そのつもりだったのに……」

「宵一《よいち》、みなさんもこれで証人《しょうにん》だ。息子《むすこ》は知らない間に父親に影《かげ》を取られ、あやつられていた被害者《ひがいしゃ》だ。それに息子《むすこ》には影《かげ》をあやつる術《じゅつ》を教えてもいない。今回のことはすべてワニスには責任《せきにん》はない。だから息子《むすこ》のことは許《ゆる》してやってくれ……」

そこまで言った大影《おおかげ》ワニが、壁《かべ》に背中《せなか》をあずけたまま、がくがくっとくずおれた。

「ワジズ！」

「お父さん！」

宵一《よいち》さんとワニス店長が、大影《おおかげ》ワニのそばに行き、しゃがみこんだ。

「寄《よ》るな」

大影《おおかげ》ワニが小さな声で言った。

「……ブラック・ホール、開《かい》」

すると、

ゴゴゴゴゴ

どこからか地鳴りのような音が聞こえてきた。見ると、大影《おおかげ》ワニのもたれている壁《かべ》がこきざみにゆれて、そこに丸くて黒いものが現《あらわ》れた。

(あっ！　ブラック・ホール！　ツキヨコンビニの壁《かべ》に、出てきたやつだ！)

銀ワニしか使えないその恐《おそ》ろしい技《わざ》は、なにもかもを闇《やみ》の中に吸《す》いこんでしまう。

アサギが息をのんで、じりじりと壁《かべ》に広がっていく、黒い丸を見ていると、

「アサギ、はなれてろ！　土羅蔵《どらくら》さんたち、アサギを頼《たの》みます！」

うめ也《や》がアサギを抱《かか》えて、土羅蔵《どらくら》さん一家の方に放り投げるようにわたし、宵一《よいち》さんとワニス店長の方に駆《か》け寄《よ》った。

アサギを広げたつばさでふんわりとキャッチした土羅蔵《どらくら》さんは、

「承知《しょうち》しましたぞ！　花美羅《かみら》、美射奈《みいな》、絵笛芽羅《えふえめら》、アサギさんといっしょに逃《に》げるんだ！」

と娘《むすめ》たちに命じた。

ブラック・ホールは、深い闇《やみ》をたたえ、回転しながら壁《かべ》の半ばまで広がった。

ズオッ

闇《やみ》が音を放った。

(あの音!)

まるでこれからのみこむごちそうに、舌《した》なめずりし、のどを鳴らしているようだ。アサギは震《ふる》えあがったが、うめ也《や》がブラック・ホールのすぐ前にいる、大影《おおかげ》ワニの体をつかんで引き寄《よ》せるのが目に入って、あっと叫《さけ》んだ。

「うめ也《や》、それ以上《いじょう》行っちゃダメ! 闇《やみ》にのみこまれちゃう!!」

手を伸《の》ばして叫《さけ》んだアサギを、花美羅《かみら》さんたちのつばさの先が、ぐっと押《お》さえこんだ。

ブラック・ホールがあんぐりと大口を開けて、ずずずっと目の前にいる三人……大影《おおかげ》ワニと店長、宵一《よいいち》さんを今にも吸《す》いこもうとしている。

「もちこちゃん! 月喰鳥《つきくいどり》さん! ワニス店長と社長を助けるんだ!」

うめ也《や》が叫《さけ》んで、大影《おおかげ》ワニの体にがばっと抱《だ》きついた。

即座《そくざ》にもちこちゃんが触手《しょくしゅ》を伸《の》ばしてワニス店長と宵一《よいち》さんをつかまえると、月喰鳥《つきくいどり》がばさりとつばさを広げ、ブラック・ホールからの盾《たて》になり、二人を安全な方に押《お》しやった。

うめ也《や》は大影《おおかげ》ワニにおおいかぶさって床《ゆか》に伏《ふ》せ、必死《ひっし》で吸《す》い込《こ》まれないように、こらえた。

「もちこちゃん！　うめ也《や》も早く助けて！」

アサギは叫《さけ》んだ。

だがもちこちゃんが触手《しょくしゅ》を伸《の》ばすより早く、ブラック・ホールが壁《かべ》いっぱいに広がった。

ズズズオッ

（うめ也《や》が！　うめ也《や》が吸《す》いこまれちゃう！）

アサギが悲鳴を上げかけたそのとき。

「はなせ」

大影《おおかげ》ワニがドン！　と両手でうめ也《や》の体を押《お》し返した。ふいをつかれて一瞬《いっしゅん》、手をはなしたうめ也《や》を今度は足で蹴《け》り飛《と》ばした。

「ブラック・ホール、閉《へい》!!」

そう叫《さけ》ぶと、大影《おおかげ》ワニは頭からブラック・ホールに飛《と》びこんだ。

「ああっ！」

ブラック・ホールは大影《おおかげ》ワニをのみこむと、ズオッと満足《まんぞく》の息をもらして、穴《あな》を閉《と》じた。

後には、ただひび割《わ》れた壁《かべ》だけが残《のこ》った。

「……お父さん！」

ワニス店長が壁《かべ》に取りつき、叫《さけ》んだ。

「うめ也《や》、大丈夫《だいじょうぶ》？」

アサギも、うめ也《や》の元に駆《か》け寄《よ》って、叫《さけ》んだ。

「ああ、平気だ。……ワジズさんは、ぼくを巻《ま》きぞえにしないようにしてくれて……。ワジズさんを助けられなくて、すみません」

うめ也《や》が宵一《よいち》さんにそう言って、深くうなだれた。

「あいつは、はじめから、いつか一人で……闇《やみ》に消えるつもりだったのかな」

宵一《よいち》さんは、ひとりごとのようにそうつぶやき、大影《おおかげ》ワニが消えた壁《かべ》の向こうをただながめた。

さみしそうな宵一《よいいち》さんの背中《せなか》は、どんどん縮《ちぢ》んでいくように、小さく感じた。そんな宵《よ》一《いち》さんを見るうめ也《や》も、とても悲しそうだった。

思わずアサギがうめ也《や》の手をぎゅっと握《にぎ》ったとき。

「社長、うめ也《や》店長。本部の調査員《ちょうさいん》が来ました」

月喰鳥《つきくいどり》が言い、スターXコンビニの入り口から、ドヤドヤと大勢《おおぜい》の足音が聞こえてきた。

それぞれのクリスマス

「みなさん、お疲《つか》れさまでした」

うめ也《や》が、一同の顔を見わたし、そう言った。

それぞれ本部の調査員《ちょうさいん》——みんな兎《うさぎ》そっくりの姿《すがた》をした妖怪《ようかい》だった——の質問《しつもん》に答えた後、ようやくツキヨコンビニにもどったみんな……アサギ、ばなにーさん、土羅蔵《どらくら》さん一家はイートインスペースのいつもの席《せき》に座《すわ》るなり、悲鳴とも歓声《かんせい》ともつかない声をもらした。

「おねえちゃん、なかなか出てこないから心配したんだよ！」

肩《かた》や腕《うで》にまとわりつくゆうちゃんに、満足《まんぞく》に返事もできないほど、アサギは疲《つか》れていた。

いつも陽気なばなにーさんや花美羅《かみら》さんたちもくたびれたようすだったし、月喰鳥《つきくいどり》ともちこちゃんもパワー切れでバックヤードでぐったりと休んでいる。

「社長からみなさんに、特製《とくせい》エナジードリンクです！」

氷《ひょう》くんがそう言いながら、熱《あつ》く湯気《ゆげ》のたった飲み物を運んできた。

それを飲んだとたん、みんなはふっと体があたたかく、軽くなった。

「これ、めっちゃ元気でる！　甘《あま》くておいしい！」

「そうでしょう！　ツキヨコンビニが独占契約《どくせんけいやく》している、妖怪養蜂場《ようかいようほうじょう》のエネルギー回復《かいふく》はちみつ入りですからね。これ飲んだら、一発で元気回復《かいふく》です！」

「さすが、ツキヨコンビニっすね！」

「これは最高《さいこう》っす！」

店のすみに座《すわ》っていたジンジとロウロが、空になったカップをかかげて、声を上げた。

スターXが閉店《へいてん》になるかもしれないと知るやいなや、人狼《じんろう》店員の二人は、ツキヨコンビニで雇《やと》ってもらえないかと、宵一《よいいち》さんとうめ也《や》にうったえた。

「今から社長は、ワニス店長といっしょに本部に行かないといけないんだ。ぼくも店にもどって精算《せいさん》しないといけないし、その話はまたの機会《きかい》に……」

うめ也《や》が断《ことわ》ろうとしても、いっさい聞こうとしないで、

「あ、じゃあ、それ手伝《てつだ》いまーす！」

「ツキヨコンビニの仕事も楽しそうっす！」

と、ツキヨコンビニについてきてしまったのだ。

「今日は、大変《たいへん》な一日でしたが……クリスマス・パーティーもさんざんでしたけど、でも、ツキヨコンビニの危機《きき》を、みなさんのおかげで回避《かいひ》することができました。社長から、また、あらためてみなさんにお礼をさせていただきます」

うめ也《や》はそう言って、みんなに頭を下げた。

「お礼なんてけっこう。わたしたちは、ツキヨコンビニが明日もここにあってくれたら、それでいいのです」

土羅蔵《どらくら》さんが、おだやかに微笑《ほほえ》んでそう答えた。

「その通りだよ。みんなもそうだよね？」

花美羅《かみら》さんが言うと、美射奈《みいな》さんと絵笛芽羅《えふえめら》さん、ばなにーさんもコクコクとうなずいた。見ると、氷《ひょう》くんや月喰鳥《つきくいどり》も、笑顔《えがお》でうなずいている。二人の横で、もちこちゃんも「自分もそう思う！」と言うように、短めの触手《しょくしゅ》を持ちあげた。

「ツキヨコンビニ、サイコー！」

ばなにーさんが拍手《はくしゅ》すると、ジンジとロウロも「ヒュー!!　サイコー！」と声を上げていっしょに拍手《はくしゅ》した。

盛《も》り上がるみんなに、うめ也《や》が一瞬《いっしゅん》泣《な》きそうな顔になり、また笑顔《えがお》になった。

「まだクリスマスは終わってないよ。わたしたちで今度こそ、クリスマス・パーティーしない？」

「賛成《さんせい》！　どっかでおどっちゃおうよ！」

美射奈《みいな》さんと絵笛芽羅《えふえめら》さんが言うと、ジンジとロウロもノリノリで、

「いいっすね！」

「行きましょう！　オレ、いい店知ってるっす！」

と、言い出した。

「わたしはちょっと、約束《やくそく》があるから」

花美羅《かみら》さんが、そそくさと立ち上がった。

「え？　なに？　カレシできたの？」

「イケメン人魚と復活《ふっかつ》とか？」

妹二人に聞かれても答えず、花美羅《かみら》さんは土羅蔵《どらくら》さんに聞いた。

「お父さんはどうするの？」

「わたしはパーティーはもうけっこう。家で静《しず》かにレコードでも聞きたいですね。ばなにーさんはご旅行ですか？」

「うん、せっかくデカい旅行かばんも持ってるし、本当にどっかに行きたくなったぜ」

ばなにーさんはバナナ形のオシャレ旅行かばんを肩《かた》に引っかけると、アサギに声をかけた。

「アサギこそ、この後、特別《とくべつ》なクリスマスイベントあるんだろ？」

「うん」

アサギは、うなずいた。

「トモルと、トモルのパパと、それにママと。みんなでいっしょにクリスマス・ディナーに行くんだ」

「そうだったね。ぼくは店を閉《し》めたら、社長のようすを見に行くよ。ゆうちゃんは、月喰《つきくい》鳥《どり》さんのところに行くんだね？」

うめ也《や》がたずねると、ゆうちゃんがニコニコ笑《わら》って月喰鳥《つきくいどり》と顔を見合わせた。

「トウロウ5《ファイブ》さんたちが、子どもたちのめんどうをみてくださっていますので……」

月喰鳥《つきくいどり》が言い終わる前に、ゆうちゃんが続《つづ》きを言った。

「帰ったら、ちび鳥たちとトウロウ5《ファイブ》さんたちと、みんなで遊ぶんだ！　あっ、ツキヨコンビニのおでんをたくさん買って帰るって約束《やくそく》してたんだっけ！　氷《ひょう》くん、おでん残《のこ》ってる？」

「大丈夫《だいじょうぶ》ですよ！」

月喰鳥《つきくいどり》といっしょに、おでんのケースに飛《と》んでいくゆうちゃんのようすがとてもうれしそうで、アサギもほかのみんなも思わず笑顔《えがお》になった。

「じゃあ、また明日ね」

みんなにそう声をかけて、アサギは立ち上がった。トモルが、とても心配しながらアサギを待っているのだ。

アサギはツキヨコンビニの自動ドアが開くなり、前の道にジャンプして飛《と》び出した。

スターXに行く前、薄暗《うすぐら》く曇《くも》っていた空はきれいに晴れて、オレンジ色に染《そ》まった空に夕日が金の光を放っていた。
アサギはトモルの家に向かって、駆《か》けだした。

わたしに、なにが起きてるの？

（トモル、いったいどうしちゃったんだろう。なにかわたしのこと、怒《おこ》ってるのかな？それか急に気が変《か》わった？）

アサギは、ぼうぜんと歩いていた。さっきあったこと……トモルの家で、トモルに言われたことがどうしても信《しん》じられなかった。

――え？　日向《ひなた》さんとぼくがクリスマス・ディナー？　そんな約束《やくそく》、したっけ？

トモルは、きょとんとした顔つきでそう言ったのだ。

ヒロキ先生とアサギのママもいっしょの約束《やくそく》だと説明《せつめい》すると、

「お父さんもいっしょの約束《やくそく》？　ヘンだなあ。お父さんからさっき連絡《れんらく》があって、今日は大学の先生仲間《なかま》と食事に行くことになったって……」

そう言って、トモルの子どもケータイに届《とど》いたばかりの、ヒロキ先生からのメッセージを見せてくれた。

（トモルは怒《おこ》ってたら、ちゃんとその理由を言うし、急に約束《やくそく》がいやになって、それを忘《わす》れたふりをするようなことしない！　それにヒロキ先生だってママとの約束《やくそく》を忘《わす》れるはずないよ。ママと仲良《なかよ》くなれて、すっごくうれしそうだったのに）

「おや、お帰りなさい」

チドリさんに声をかけられて、アサギはっと顔を上げた。いつのまにか自宅《じたく》――千鳥《ちどり》マンションの前まで、もどってきていた。大家《おおや》のチドリさんは一階のガレージのシャッターを閉《し》めるところだった。

「今日はクリスマスね。お母さんと二人でケーキでも食べるの？」

チドリさんが笑顔《えがお》で聞いてきたので、アサギはぎょっとした。

（チドリさんに、今朝、トモルといっしょに「今日はクリスマス・パーティーのかけもちをする」って言ったはずなのに！　チドリさんも、それ覚《おぼ》えてないの？）

そう思った瞬間《しゅんかん》、ポケットの中で、アサギの子どもケータイが鳴った。

（ママからだ！）

電話を取ると、ママが早口で、緊急《きんきゅう》の患者《かんじゃ》さんが運ばれてきて、帰りが遅《おそ》くなると言った。

「そうなんだ。じゃあ……景山《かげやま》ヒロキ先生とのクリスマス・ディナーの約束《やくそく》は……？」

ドキドキしながら聞いたらママは、笑《わら》い出した。

――そんなステキなクリスマスの約束《やくそく》が本当にあったら、なんとしてでも病院を抜《ぬ》け出して帰るわよ！　帰りにコンビニでケーキ買うからね。

アサギはさあっと血の気が引いた。

（やっぱり、おかしい！　なにかが起こってる！）

「アサギちゃん？　どうしたの？」

チドリさんが、心配そうな顔つきでたずねてきた。

「ええと、わたしすぐにコンビニに行かなくちゃ。あ、チドリさん、いいクリスマスを！」

アサギはチドリさんに手を振《ふ》って、ツキヨコンビニに全速力で駆《か》けだした。

ツキヨコンビニのある空き地に、頭からダイブする勢《いきお》いで飛《と》びこんだ。すると、ちょう

ど入り口にいたうめ也《や》が、

「わっ！」

アサギをぼすんと、ふかふかの胸《むね》で受け止めた。

「アサギ、どうしたの？　トモルくんたちとの約束《やくそく》は？」

アサギは、うめ也《や》に叫《さけ》んだ。

「その約束《やくそく》をだれも覚《おぼ》えてないの！　みんなの頭にはそんな約束《やくそく》、最初《さいしょ》からなかったみたいになってて！　ねえ、うめ也《や》。なにが起きてるの？　これって、もしかして……スターXコンビニに行ったこととか、影《かげ》ワニ族のあの術《じゅつ》……影《かげ》を取られそうになったのとか、そういうのと関係《かんけい》ある？」

アサギは泣《な》きそうな顔で、さっきあったことをうったえた。

「それは、スターXコンビニとも影《かげ》ワニ族とも、関係《かんけい》ない。そうじゃなくて、原因《げんいん》はこの……ツキヨコンビニだ」

うめ也《や》がそう答えたので、アサギはぎくりとした。

「ツキヨコンビニ？　みんながクリスマス・ディナーの約束《やくそく》を覚《おぼ》えてないのが、なんでツキヨコンビニのせいになるの？」

うめ也《や》は、アサギをイートインスペースに座《すわ》るようにすすめた。そして自分もとなりの席《せき》に腰《こし》かけた。

精算《せいさん》もそうじも済《す》んだ後の店の中はとても静《しず》かで、どこもピカピカにみがかれていた。

「アサギはこの店のことがとても好《す》きだね？」

うめ也《や》の質問《しつもん》はヘンな感じがした。そんな当たり前のことを、改《あらた》めて聞くなんて！　そう思いながら、アサギは大きくうなずいた。

「アサギの今回の活躍《かつやく》はすばらしかった。ツキヨコンビニを救《すく》うために、勇気《ゆうき》ある行動をとった。社長もいたく感動したし、アサギがツキヨコンビニの社長候補《こうほ》というのは本部も認《みと》めるところとなった」

「え、そうかなあ。うめ也《や》みたいに、作戦《さくせん》を練っていたわけじゃないし、ただ夢中《むちゅう》でさ」

ほめられたのが意外で、アサギはくすぐったかった。

「だから、こうなった」

「え？」

「アサギはツキヨコンビニの社長を目指し、このままツキヨコンビニのメンバーとして生きていく……そういう道に進み始めている。それはつまり、ごくふつうの人間、妖怪《ようかい》や人外《じんがい》とふれあうこともなくこの世の人間世界で生きる道からはずれていくということだ」

「人間世界……からはずれるって？　わたし、つまり、妖怪《ようかい》になるってこと？」

アサギは、びっくりして、イスから飛《と》び上がった。

「そうじゃない。長くツキヨコンビニの社長をしていても、宵一《よいち》さんはずっと人間だ」

「あ、あ、そっか。そうだよね」

アサギは、ほっと胸《むね》をなでおろした。

「だけど、異界《いかい》で生きていく人間は……だんだんこの世での存在感《そんざいかん》が薄《うす》くなっていく」

「存在感《そんざいかん》が薄《うす》くなる？　ってなに？　意味わからないんだけど」

「かんたんに言うと、人間、みんなに忘《わす》れられていくんだ」

うめ也《や》がはっきりとそう言った。

「忘《わす》れられていく？」

「完全《かんぜん》に忘《わす》れられるわけではない。例《たと》えば顔を見れば『ああ、日向《ひなた》アサギさん』と思い出す。その場で話して、盛《も》り上がって、仲良《なかよ》くなることもできる。だが、はなれた瞬間《しゅんかん》から相手はもうアサギのことを思い出さない。アサギとたくさん思い出がある者も、だんだんそれが薄《うす》れていくんだ。家族や親友でさえもそうなる。実際宵一《じっさいよいち》さんはそういう人生を送っている」

（あ！）

心映《しんえい》の術《じゅつ》で見た、宵一《よいち》さんの姿《すがた》を思い出した。

宵一《よいち》さんの家族がだんだんはなれていって、一人で暮《く》らすようになったのは、宵一《よいち》さんがツキヨコンビニのことばかりに夢中《むちゅう》になって、気難《きむずか》しくなったせいだと思っていた。

（あれは……。そういうことだったのか！）

宵一《よいち》さんの高層階《こうそうかい》にあるマンションに行ったとき、「こんな広いところで一人暮《ひとりぐ》らしなんて、さみしくないのかな」と思ったことや、うめ也《や》が宵一《よいち》さんを気にかけて、お世話によく行っていたらしいこと。思いあたるいろんなことが、アサギの頭の中によみがえった。

「……うめ也《や》はだから、ずっとわたしのことを心配してたの？」

うめ也《や》は、そもそもアサギがツキヨコンビニに気軽に出入りするのを、止めていた。

アサギがツキヨコンビニの正会員になり、コンビニ・アドバイザーになると、学校のこと、宿題やクラブ活動そっちのけで、ツキヨコンビニに入りびたることをいつも注意してきた。そしてアサギに人間の友だちができると、とても喜《よろこ》んでいた。

「ああ、人間の生活を大事にしてほしかった。アサギが自分の将来《しょうらい》に夢《ゆめ》や目標《もくひょう》を持ったり、大事な人もたくさんできればいいと思っていた。この世の自分を愛《あい》して、この世に夢《ゆめ》を持つならば、自然《しぜん》と異界《いかい》に出入りできなくなるからね。だけどアサギはどんどん、異界《いかい》で生きる方に進んでいる。その影響《えいきょう》がもう現《あらわ》れているんだ」

（その影響《えいきょう》でみんなが……わたしと話したことを忘《わす》れていたんだ）

トモルの言った言葉がよみがえった。

——え？　日向《ひなた》さんとぼくがクリスマス・ディナー？　そんな約束《やくそく》、したっけ？

（「日向《ひなた》さん」だって。「アサギ」って言わなかった。二人のときは「アサギ」「トモル」って呼《よ》び合おうって決めたのも、もう覚《おぼ》えてないんだ）

トモルとかわした約束《やくそく》すべてが、トモルの中から消えてしまう。思い出もなくなってしまうなんて。トモルだけじゃない。せっかく仲良《なかよ》くなった、ナナミやルコも。お料理《りょうり》クラブのみんなも。チドリさんも。それに……まさかママも？　パパもおばあちゃんも？

アサギは、それを想像《そうぞう》しただけで、背筋《せすじ》に氷の棒《ぼう》をさしこまれたように、一瞬《いっしゅん》で全身が冷《ひ》えて固《かた》まった。

「先を選《えら》べるのはもう今しかない。決めるんだ。人間の世界で生きるか、異界《いかい》で生きるか」

うめ也《や》は、そんな大変《たいへん》なことを、とてもおだやかな声で言った。

「もし、人間の世界を選《えら》んだら、どうなるの？」

「みんな、元にもどる」

「わたしとした約束《やくそく》も、みんな全部、思い出す？」

「ああ。だが、ツキヨコンビニにはもう入れない。妖怪《ようかい》も人外《じんがい》も、感じ取れなくなる」

ぎくっとアサギは目を見開いて、うめ也《や》を見つめた。

「……それって、うめ也《や》とも会えなくなるの？」

「いや、ぼくは日向家《ひなたけ》の飼《か》いねこだからね。それは変《か》わらないよ」

アサギは、ふーっと大きく息をついた。

「アサギ、どうする？」

うめ也《や》がまた聞いた。

「アサギさん、どちらか選《えら》んでいただけますか？」

天井《てんじょう》から声がして、見上げると玉兎《ぎょくと》さんがのぞいていた。

「社長も返事を待っています」

アサギは、うなずいた。テーブルに乗せた手が、こきざみに震《ふる》えていた。

その手の上に、うめ也《や》が自分の手を重ねた。

「アサギが望《のぞ》む方を選《えら》んだら、いい。あとのことは大丈夫《だいじょうぶ》だから」

アサギはもう一度、うなずいた。そして返事した。

みんな、そばにいるね

「ああ、楽しかったー!!」

トモルが夜空に向かって、そう言った。

「ヒロキ先生おすすめのレストラン、すっごくおいしかったね」

「予《よ》約《やく》の時間に一時間も遅《おく》れちゃったけどね。ほんと親子そろってどうかしてたよ。あんなに楽しみにしてたのに、約《やく》束《そく》のこと忘《わす》れちゃっててごめんね！」

「ううん。うちのママも急な患《かん》者《じゃ》さんで、病院から帰ってくるの遅《おそ》くなったし、どっちにしろ予《よ》約《やく》の時間には遅《おく》れてたよ」

アサギはちらっと、千《ち》鳥《どり》マンションの一階で、名《な》残《ごり》惜《お》しそうに話し込《こ》んでいるママとヒロキ先生のようすを見た。

「遅《おく》れたおわびとか言って、また、なんかの約束《やくそく》してるみたいだし。ヒロキ先生とママ的《てき》にはよかったんじゃない？」

「大人はなにかの口実がないと、約束《やくそく》できないのかな？　ヘンなの！」

「だよね！」

アサギとトモルは、同時にクスッと笑《わら》った。

するとアサギの足元に、ふわっと白いものが現《あらわ》れた。

「あ、うめ也《や》、迎《むか》えに来てくれたの？」

アサギが声をかけると、うめ也《や》はアサギの足首に体をこすりつけて「にゃあ！」と鳴いた。

「あ、うめ也《や》くんだ！」

トモルはうれしそうに、アサギが抱《だ》き上げたうめ也《や》の頭やあごの下をなでた。うめ也《や》は目を細めて、ゴロゴロとのどを鳴らした。

「ママ、うめ也《や》が来たから、もう入ろうよ。寒くなってきちゃった！」

アサギが声をかけると、ママとヒロキ先生が顔を見合わせた。

その後、ママは何度もヒロキ先生に頭を下げ、なにごとかを約束《やくそく》し合ってやっとマンションの階段《かいだん》をのぼった。アサギもトモルに手を振《ふ》り、明日また、試《ため》してみたいレシピのカップめんクッキングをする約束《やくそく》をして、別《わか》れた。

(ああ、本当にこの世の道にもどったんだ……)

アサギはほうっと息をつくと、自分の部屋《へや》にもどった。そしてベッドに座《すわ》り、うめ也《や》を横に置《お》いて座《すわ》らせた。

うめ也《や》はきちんとお座《すわ》りをして、アサギの顔を見上げた。

「うめ也《や》、トモルね、ツキヨコンビニのことも、妖怪《ようかい》たちのことも、よくわからないみたいだった。わたしがこの世を選《えら》んだから、トモルはそっちの世界のことを忘《わす》れちゃったの？」

うめ也《や》は、「にゃん」と鳴いて、うなずいた。

「そっか」

アサギは、あのとき――この世の時間で言うと、まだ数時間前のことだけど、気持ちの上ではもう、ずっと前のことのような気がする――うめ也《や》と玉兎《ぎょくと》さんに言った。

「わたしは、この世の道を選《えら》びます」

そうはっきりと返事した。

その後、玉兎《ぎょくと》さんの報告《ほうこく》を受け、宵一《よいち》さんが店にやってきた。

アサギは宵一《よいち》さんの顔を見るなり、あやまった。

「ごめんなさい！　約束《やくそく》を守れなくて！」

すると宵一《よいち》さんは、ぼうしをぬいで頭を横に振《ふ》った。

「きみは社長候補《こうほ》として研修《けんしゅう》を受け、その期間を終えて答えを出したのだ。あやまらなければいけないようなことは、一つもしていない。それにツキヨコンビニの社長候補《こうほ》はここにもいるのでね」

そう言って、宵一《よいち》さんはうめ也《や》の背中《せなか》をポンポンとたたいた。

「ええっ？　うめ也《や》が？　うめ也《や》も？　社長候補《こうほ》？」

アサギは、おどろきすぎて声が裏返《うらがえ》った。

「人間のことも人外《じんがい》のこともよく知っていて、二つの世界のバランスをうまく取れる者……うめ也《や》店長もそれにぴったりだと思って、以前《いぜん》から何度も声をかけていたのだがずっと断《ことわ》られていたんだ。だけど、このたび、ようやくいい返事をしてくれてね。アサギさんがもし、人間の世界に生きる決心をしたら、自分が社長になってもいいと」

「そ、そうだったの?! それならそう言ってくれたらよかったのに! だって」

返事するときに、ツキヨコンビニを裏切《うらぎ》るような、すごく切なく悲しい気持ちだったのに! 宵一《よいち》さんにも申し訳《わけ》なくて、ツラかったのに!

アサギはそう続《つづ》けたかったが、さえぎってうめ也《や》が言った。

「言ってたら、アサギはまた別《べつ》のことで悩《なや》んだかもだよ。それにアサギは負けずぎらいだ。ぼくをライバル視《し》して、張《は》りあったかもしれないし、とにかく素直《すなお》な気持ちで答えを出せなかったと思うよ」

「うっ、ライバル視《し》なんかしない……」

そう言い切りたかったが、その言葉は途中《とちゅう》で力を失《うしな》いとぎれてしまった。

(……その通りかも)

アサギがむぎゅっと口を閉《と》じると、宵一《よいち》さんが笑《わら》い出した。

「アサギさん、わたしは人間世界に住んでいるし、うめ也《や》店長のように、人間に見える姿《すがた》で住んでいる妖怪《ようかい》もいる。ツキヨコンビニにはもうきみは入れなくなるが、可能《かのう》なかぎり、ツキヨコンビニの今後のことはきみに知らせるよ。だからあまり心配しないで、きみはきみらしく、楽しく元気にすごしてください」

そう言う宵一《よいち》さんと握手《あくしゅ》して、アサギはツキヨコンビニを出たのだった。

店を出た後、気になって引き返し、もう一度ツキヨコンビニのある空き地に足をふみ入れたが、やはり二度とツキヨコンビニの中には入れなかった。

(宵一《よいち》さんは、大丈夫《だいじょうぶ》？　また具合悪くなってない？　スターXコンビニは、どうなるの？　ツキヨコンビニチェーンが引き継《つ》いで、「ツキヨ・スターコンビニ」にしたらどう？　ジンジとロウロは、ツキヨコンビニでちゃんと働《はたら》けるのかな？　次のツキヨコンビニのイベントは？　今度はハッピーニューイヤーイベントだよね？　ばなにーさんや土羅《どら》蔵《くら》さん一家が楽しみにしてるでしょ？)

聞きたいことはいくらでもあったが、アサギはそれを言葉にしなかった。たずねても、もう、うめ也《や》は「飼《か》いねこでできる範囲《はんい》」の返事しかできないし、それに……。

「まあ、うめ也《や》がツキヨコンビニの次期社長なんだもんね。全然《ぜんぜん》心配ないか」

アサギがつぶやくと、うめ也《や》が目をつぶって、

「にゃあーん」

と、胸《むね》をそらし、ほこらしげに鳴いた。

「アサギ！　郵便《ゆうびん》受けに手紙が入ってたわ！」

ママが、アサギの部屋《へや》のドアを開けて、声をかけてきた。

「手紙？」

アサギは、ママから黄色い封筒《ふうとう》を受け取った。

クリスマスリースのデザインの切手が貼《は》ってあり、差出人《さしだしにん》の名前はなかった。急いで封《ふう》をあけると、そこにはバナナの形のカードが入っていた。

「イエロー・ハッピー・メリークリスマス！　また遊ぼうぜ」

そして名刺《めいし》が入っていた。アサギでも聞いたことのあるような、世界で有名なデザイナーの名前と、その事務所《じむしょ》の連絡先《れんらくさき》、それにものすごくキレイにドレスアップした、人間の姿《すがた》のばなにーさんの写真が載《の》っていた。

「ばなにーさん……」

つぶやくと、しゅるっと風が起こり、アサギのほおをなにかがなでた。声も聞こえず、姿《すがた》も見えなかったが、ゆうちゃんだと分かった。

「ゆうちゃん、そこにいるんだよね？」

アサギが風の吹《ふ》きぬけていった方を見ると、窓《まど》の外にいちご色の小鳥がとまっていた。

「月喰鳥《つきくいどり》さん！」

アサギが窓《まど》を開けると、その小鳥は風といっしょにどこかに飛《と》んでいってしまった。

窓《まど》わくに手をかけ、二人の行方《ゆくえ》を目で追っていると、すとんとアサギの手の横に、うめ也《や》が座《すわ》った。

「うん。みんな、そばにいるね」

アサギはうめ也《や》を抱《だ》きあげ、そのやわらかい白い頭にほおずりした。

おわり

令丈ヒロ子

れいじょう　ひろこ

作家。大阪府生まれ。おもな作品に「若おかみは小学生！」シリーズ、「なんとかなる本」シリーズ、『パンプキン！ 模擬原爆の夏』『長浜高校水族館部！』（以上、講談社）、『妖怪コンビニで、バイトはじめました。』（あすなろ書房）、『スナックこども』（理論社）がある。2018年、「若おかみは小学生」シリーズがテレビアニメ化、劇場版アニメ化されて大きな話題になった。『病院図書館の青と空』（講談社）は、第39回うつのみやこども賞を受賞。

妖怪コンビニ⑤
妖怪クリスマス・パーティー（下）

2024年11月30日　初版発行

著者　令丈ヒロ子
画家　トミイマサコ
装丁　城所潤
発行者　山浦真一
発行所　あすなろ書房
〒162-0041 東京都新宿区早稲田鶴巻町551-4
電話 03-3203-3350（代表）
印刷所　佐久印刷所
製本所　ナショナル製本

ISBN978-4-7515-3189-1 NDC913 Printed in Japan